『地上最大の魔道師』

二人の魔道師たちはあやしいもののけのように、クリスタル市のはるかな上空に浮かび、二羽の巨大な鳥のように下を見下ろしていた。(187ページ参照)

ハヤカワ文庫JA
〈JA642〉

グイン・サーガ(73)

地上最大の魔道師

栗本　薫

早川書房

4595

THE MOST MIGHTFUL MAGUS

by

Kaoru Kurimoto

2000

カバー／口絵／插絵

末弥　純

目次

魔道十二条の内

一、みだりに魔道の術をおのが運命を知るために使用すべからず。

一、みだりに魔道により死せる者をよみがえらせること、魂入れ替えの術、生まれざる者を生ぜしめること、そのほか人間の生死のことわりに、黄金律にそむいていたずらに干渉し、混乱せしめることを禁ず。

一、魔道を魔道師個人の利害のためにのみ使用する者は大導師たる資格なし。

アレクサンドロス

〔クリスタル市／中心部〕

区
↑至ジェニュアの丘
ランズベール川
アルカンドロス橋
ンズベール通り
ヤヌス通り
N W E S
ヤヌス大橋
東クリスタル区
《アムブラ地区》
アーリア橋
ミロク神殿
サリア大通り
アーリア通り
ルアー神殿
サリア神殿
サリア南通り

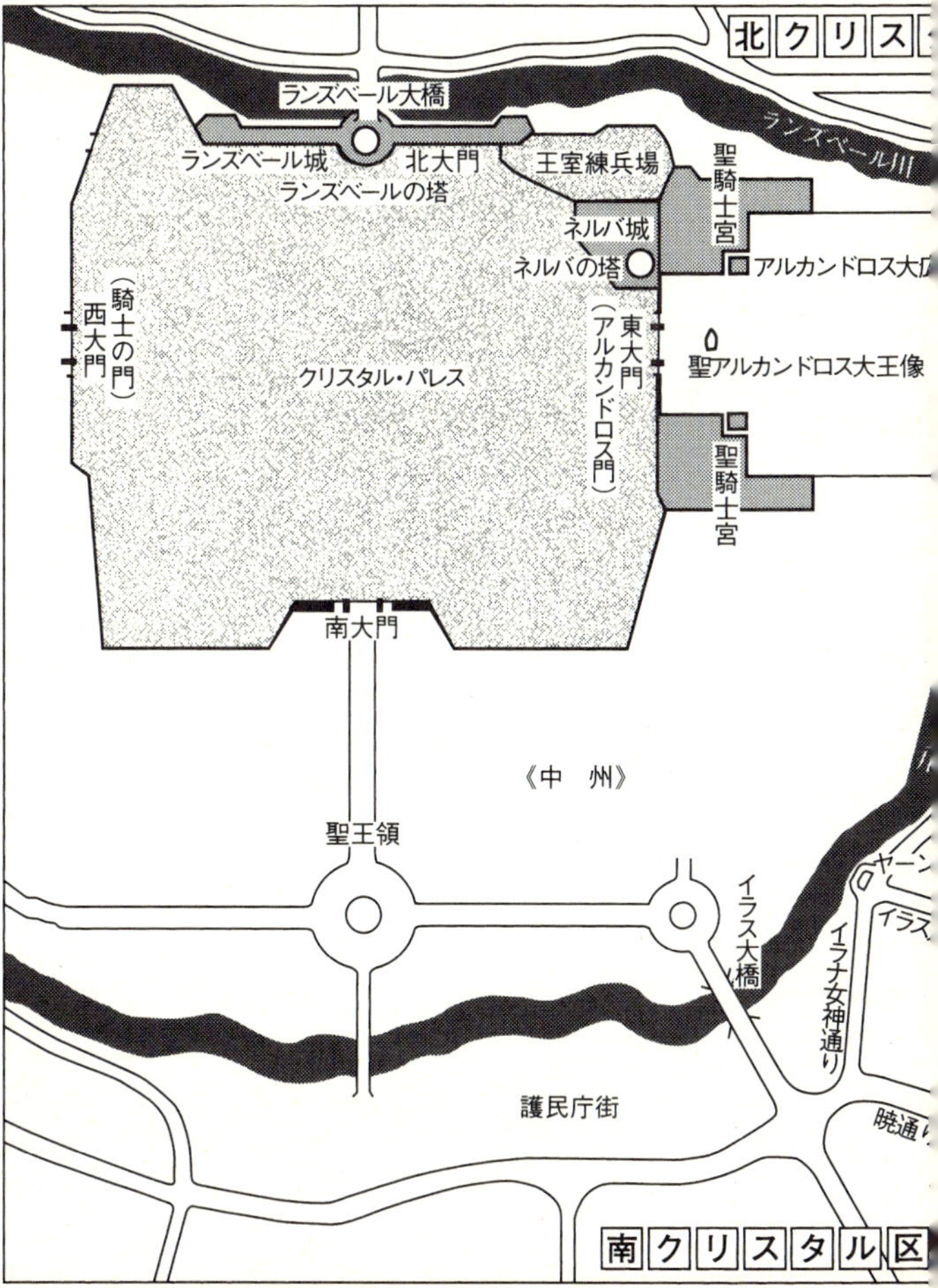

北クリス
ランズベール大橋
ランズベール川
ランズベール城
北大門
ランズベールの塔
王室練兵場
聖騎士宮
ネルバ城
ネルバの塔
アルカンドロス大広
西大門（騎士の門）
東大門（アルカンドロス門）
聖アルカンドロス大王像
クリスタル・パレス
聖騎士宮
南大門
《中　州》
聖王領
イラス大橋
イラナ女神通り
暁通り
護民庁街
南クリスタル区

〔クリスタル・パレス〕

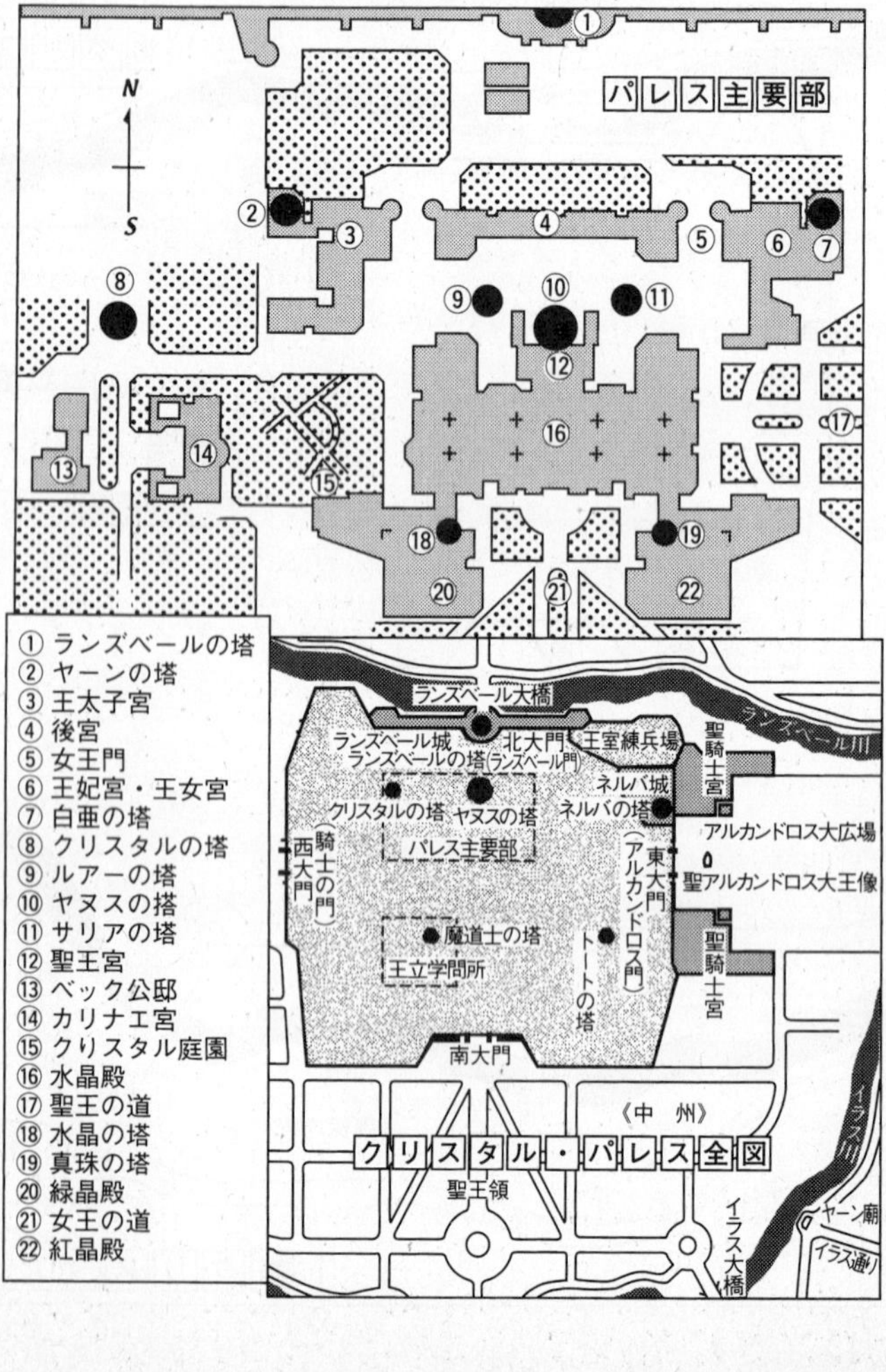

N
S
パレス主要部
① ランズベールの塔
② ヤーンの塔
③ 王太子宮
④ 後宮
⑤ 女王門
⑥ 王妃宮・王女宮
⑦ 白亜の塔
⑧ クリスタルの塔
⑨ ルアーの塔
⑩ ヤヌスの搭
⑪ サリアの塔
⑫ 聖王宮
⑬ ベック公邸
⑭ カリナエ宮
⑮ クリスタル庭園
⑯ 水晶殿
⑰ 聖王の道
⑱ 水晶の塔
⑲ 真珠の塔
⑳ 緑晶殿
㉑ 女王の道
㉒ 紅晶殿
ランズベール大橋
ランズベール川
ランズベール城
北大門
王室練兵場
ランズベールの塔(ランズベール門)
聖騎士宮
ネルバ城
ネルバの塔
クリスタルの塔
ヤヌスの塔
パレス主要部
アルカンドロス大広場
西大門(騎士の門)
東大門(アルカンドロス門)
聖アルカンドロス大王像
魔道士の塔
王立学問所
トートの塔
聖騎士宮
南大門
《中　州》
クリスタル・パレス全図
聖王領
イラス川
ヤーン廟
イラス大橋
イラス通り

地上最大の魔道師

登場人物

アルド・ナリス……………………パロのクリスタル大公
ヴァレリウス………………………パロの宰相。上級魔道師
リギア………………………………パロの聖騎士伯。聖騎士侯ルナンの娘
ルナン………………………………聖騎士侯
リュイス……………………………ランズベール侯爵
ラン…………………………………アムブラの学生
ユリウス……………………………淫魔。グラチウスの手下
グラチウス…………………………黒魔道師。〈闇の司祭〉

第一話　竜のあぎと

1

それは——

まさしく、ついにヤヌスの大神の怒りが下り、この世の終わりのきた日とさえ、思われた……

美しいクリスタルがパロの民の流した血に染る。その血は滝となり、アルカンドロス大広場を流れ、そしてランズベール川へと流れ落ちてゆく。

悲鳴と怒号、怒りと不信と驚愕にうちのめされた人々の絶叫——

そのなかで——

銀色の、パロの守護神であったはずの英雄たち——パロの誇る最強の精鋭、パロ聖騎士団の騎士たちのすがたはいまや、クリスタルの民には恐怖と、そして虐殺の使徒となりはて——

「戦え！　戦え！」

ロイス護民長官は必死のかれがれの声をほとばしらせ続けていた。もう、声も出なくなるほどに叫びつづけ、叫びながら采配をふるい、指揮しつつたたかい、剣をふるって雑兵を蹴散らしつづけて、いまにも倒れそうだったが、あとにひくわけにはゆかなかった。

「戦え、戦え！　パロを守れ、パロの民を守れ！　われらは護民騎士団ぞ！　民を守るために戦え！　いのちを惜しむな！」

悲壮なその絶叫はしかし、周囲を圧するすさまじい怒号と悲鳴、絶叫に飲まれてかきけされてゆく。

クリスタル・パレス周辺をおそったおそるべき流血の大異変——それは、アルカンドロス広場をうめつくした群衆が、ランズベール城へとなだれをうとうと後退しはじめたその瞬間におこったのだった。

「わああーッ！」

「あれはなんだ！　あれは何者だ！」

すさまじいクリスタルの市民たちの恐怖の叫び——

かれらのゆくてをさえぎるようにして、ヤヌス大橋のむこうとこちらを埋めつくしていた、あやしの襲撃者たち。

銀色のよろい、なびくマント——までは通常のひとのすがたであったけれども、そのよろいから突出している首から上は——

「竜だ。竜の化け物だ！」

「なんだ、あれは——いったい、何者だ！」

恐怖にしびれたようになったクリスタルの市民たちの声がまだ果てもせぬうちに——

無言のまま、怪物たちの手の、先端にオノをつけた凶々しい長槍がふりかぶられ、そして
それがふりおろされ——

「ひけ。ひくんだ」

「だめだ、うしろには……聖騎士団が！」

「助けてくれ！　殺される、助けてくれ！」

「皆殺しにされるーッ！」

すさまじい絶叫をのこして、次々と市民たちが切り倒されてゆく。

「ナリスさま！」

ロイスは悲壮な声をふりしぼった。

「ナリスさまの援軍はまだか！　なんとかして、なんとかしてナリスさまにお知らせするんだ！」

「ナリスさまに、伝令を！」

だが、その声もまた、怒号と絶叫と阿鼻叫喚のなかに流れてゆく——

容赦なく剣をふるい、槍をふるって、クリスタルの市民たちを、老いも若きも、男も女もなくほふってゆく、怪戦士たち。

そして、その魔手からクリスタルの民を救出にむかおうとする、護民騎士団のまえに立ち

はだかる銀色のパロの守護神であったはずの、聖騎士団。

まさしく、この世のおわりの日かとばかり、アルカンドロス広場は流血と阿鼻叫喚と酸鼻とにみちみちていた。

「なんだと!」

ランズベール城にようやく、その詳報がとどいたのは、しかし、虐殺がはじまってから、半ザン以上もたったのちであった。

「竜の頭の怪物じみた騎士団だと? それは、かぶりものではないのか?」

すでに、幹部たちはもとの塔の頂上の司令部に戻って万全のそなえでいた。ナリスは蒼白になりながら、きびしくききかえす。偵察から戻ったロルカは暗い目でナリスを見返した。

「とても……かぶりものとは思われませぬ。かぶりものにしては精密すぎます。司令官の口がうごいて命令を伝えております。そしてパロの民を——誰かれかまわず、虐殺を!」

「ナ、ナリスさま……」

愕然と、ランズベール侯とルナンがさしのぞいた。ナリスはしかし、一瞬もためらわなかった。

「放置するわけにはゆかぬ。よかろう、援軍を出せ。いまワリスが二千を連れてアルカンドロス広場にむかっている。リギア、すまないが、すぐに一千をひきいて、ヤヌス通りからヤヌス大橋へむかってくれ。ワリスと合流し、怪物どもから大橋をとりもどし、アルカンドロス広場の群衆を助けるんだ。ロイスたちも」

「しかし、ナリスさま！」

思わず、ランズベール侯が叫んだ。

「それがもしワナで――そちらに兵をさいたスキをつかれたら、ランズベール城は！」

「だが放置するわけにゆかぬ。かれらは私のために集まってくれてこの奇禍にあったのだ」

ナリスは首をふった。

「たとえワナでも、城を守り、こちらからうって出ないでいればなんとか多少はもちこたえる。いずれにせよ、パロの民があぶない。リギア、すぐむかってくれ。ただし無茶はするな」

「かしこまりました！」

「カレニア衛兵隊からもう五百、連れていってくれ。残りは聖騎士団で」

「心得ました。ただちに出動いたします」

「ロルカ、魔道師を数人、伝令につけてやってくれ」

「はい、ナリスさま」

「いったい……」

いそいでリギアがかけおりてゆくのをみながら、ランズベール侯は思わず叫んだ。

「その――竜の頭の怪物というのは何ものだ……」

「当然、キタイの尖兵だろう」

きびしくナリスが即座にこたえた。

「このままでは、パロの民どうしではなかなか戦端を開くことがない。誰も、われわれは同胞どうしでの流血など望んではいないのだからな。それを感じて、おそらくは――キタイの手先がそうやって……まずは流血の火ぶたをきることで、たたかいにわれわれをつきおとそうともくろんだのだ。それはわかっているが、だが民をそのままには捨置くわけにゆかぬ。たとえそれがきゃつらの手にのることでも……やむを得ん」

「マルティニアスがそのような怪物どもと手をくんで戦っているとすれば」

ルナンは怒鳴った。怒りにしわぶかい顔が真っ赤になっていた。

「きゃつは気が狂ったに違いない。あるいは、もうキタイにのっとられたかだ」

「あるいは何か幻術でもかけられているかもしれないな。敵はなにしろキタイの竜王、地上最大の魔道師と呼ばれた男だ。そのくらいの集団幻術はたやすいかもしれぬ」

「ギルドに報告し、もしも何かそのような集団幻覚の術がほどこされているようなら、とくように挑みかけてみます」

ロルカがいった。ナリスはうなづいた。

「そうしてくれ。もしも魔道で、同胞どうし戦うようにしむけられているのだったらこんな悲惨すぎることはない。すぐにも魔道師の塔と連絡をとってくれ」

「ただいますぐ」

「北大門のはね橋をあげて籠城の体勢に入りましょうか？　ナリスさま」

「いや、リュイス。はね橋をあげてしまうと、ワリスやリギアたちが戻ってきたときに城に入れなくなる。――うむ、北大門の守りが手薄になっているな。ランズベール騎士団から少しまわってもらおう――だがたしかにこの機に乗じて国王がたがパレス内からこちらにせめよせるには絶好の機会だ。そちらも手薄にしてはまずい。あとせめて一日たっていれば――カレニア義勇軍も、サラミス軍も到着するのだが……それをいってもしかたがない」

ナリスは歯をくいしばった。

「おお、ロルカ、どうなった」

「ギルドからただちに、魔道師部隊が三十人、出動いたしました。その竜の騎士というのが、幻覚ではないのか、あるいは何か魔道が用いられているかどうか、ただちに調査し、魔道が用いられていればそれに対して魔道陣をはり、戦闘体勢に入ります」

「幻覚……ならばいいが……」

ナリスは低くつぶやいた。

「幻覚でないとすると……」

「え？」

ルナンがききかえす。ナリスは蒼ざめた顔にかすかな微笑をうかべた。

「幻覚でなければ、国王がた、というよりもキタイはいよいよもう、すべての偽装をかなぐりすてて恐しいその侵略者の素顔をあらわしたのだ。――もう、内戦の、内乱の、反乱のというみせかけさえとる気がなくなった――つまり、かれらにとっても機は熟した、ということだ。キタイの《竜の門》の話は私もかってきいたことがある——竜の頭をもつ凶暴な騎士たちだという……」

「まさか、その《竜の門》がこのパロへ？　いったい、いつ……」

「レムスがキタイの傀儡なら、知られぬようにキタイの手勢をパロに潜入させることもさほど困難ではなかっただろうが……」

「そろそろ、ワリスたちの軍が、アルカンドロス広場に到着するころあいですが……」

ルナンは気がかりに窓の外を見やった。

「ディラン、偵察の魔道師を出してくれ」

「心得ました」

が、ディランが魔道師を呼出そうと印を結んだせつなであった。

「ご報告！」

ロルカの配下の下級魔道師がかけこんできた。

「ロイス護民長官殿が、聖騎士団によってうたれ——壮絶なお討ち死にを！」

「ロイスはやられたか……」

ナリスのおもてが瞬時にきびしくなった。ルナンが腰をうかせた。

「ナリスさま。かなり敵は手ごわいようです。——マルティニアスひきいる聖騎士団とあれば、それは護民騎士団ではどうにも歯はたちますまい。私が参りましょうか」

「まもなくワリスが戦場に到着するはずだ。いまお前まで出てしまうとランズベール城があまりに手薄になる」

　ナリスの口調はきびしかった。

「仲間たる聖騎士団によって味方がうたれると聞くのはつらかろうが、我慢してお前はここにとどまってくれ、ルナン」

「わかりました。——リュイス、ちょっとかわってくれ。わしはちょっと城内を——近衛騎士団の動きが気になる。ちょっと気になる箇所をまわってくる」

「魔道師を連れていってくれ。すぐに連絡がとれるように」

「はッ」

　ルナンが出てゆく。ナリスはリュイスをふりかえった。

「もどかしいね、リュイス——こういうときには、出ていって戦えるほうがどれだけ気が楽かしれない。こうして待っているしかできぬというのは——私の主義にも、気性にも反するよ」

「存じ上げております。しかしいまは、ご辛抱なさいませんと」

「わかっている。私がいま混戦のなかに出ていっては、かえってみなにいらぬ負担をかけることになる」

「ナリスさま」

　ディランがあらわれた。

「偵察の者が心話を送り込んでまいりました。——アルカンドロス大広場は非常な混乱におちいっておりますが、ロイス長官を失った護民騎士団はよくもちこたえ、副長のダイスがただちにかわって指揮をとり、聖騎士団に必死にたちむかっています。ナリスさまよりの援軍がむかっていることが、魔道師たちによって、護民騎士団にふれられたので、意気はむしろあがっていますが、聖騎士団のほうが圧倒的に強く、護民騎士団はかなり不利です」

「それはやむを得ぬさ。聖騎士団はパロ最強の精鋭たちだ……問題の竜の騎士たちのほうは？」

「無慈悲に民衆を虐殺し、ヤヌス大橋を渡って逃れようとするものをかたっぱしからランズベール川に切り落としているので、ランズベール川の流れが真っ赤に染ってしまいました」

ディランは口重く報告した。

「見るにたえぬ光景です。民衆は泣き叫び、恐怖にかられ、怪物たちにたちむかう勇気はどうしても出せぬようにただ殺されています——なかでごく少数の、アムブラのはえぬきの学生あがりの勇敢なものたちはなんとか必死に女子供を守ろうとしていますが、まったく歯がたちません。——ランはなんとかひとびとをとりまとめようとし、学生あがりのものたちはランだけは殺すまいとして必死に守っていますが……ヤヌス大橋を渡れないので、民衆たちはアルカンドロス広場へおしもどされています。そしてアルカンドロス広場はいまや護民騎士団を追い立てる聖騎士団の激しい戦闘のまっただなかになっています」

「ランが、そこに？」

ナリスの表情がかわった。

「それはまずい。ディラン、何人か魔道師を送り込んで、なんとかランを援護して――ランを殺させぬように守り、脱出させるようにできないか。私には、このちもアムブラの指導者としてランが必要だ」

「やってみます――あッ」

「どうしたッ」

「ただいま、現場に送り込んだ魔道師よりの心話でご報告が。ワリス侯ひきいるカレニア衛兵隊と味方の聖騎士団の援軍が、ヤヌス大橋に到着いたし……」

ディランの声の調子がかわった。ナリスはじれったげに身を椅子から懸命にのびあがらせた。

「どうしたッ」

「妙です。ナリスさま」

「何だ、早く言えっ」

「竜の騎士団どもが撤退を開始しました。――ワリス侯ひきいる援軍のすがたをみるなり、司令官とおぼしきやつが命令を下し、ただちにかれらはヤヌス大橋を放棄し、アムブラ方面へ撤退をはじめたということです」

「撤退？　それもワナではないのか」

リュイスが疑い深く怒鳴った。

「わかりません。ただ、竜の騎士たちは民衆を虐殺する刀をひき、非常ないきおいで撤退しはじめたとしか。――ワリス侯は追撃すべきか、それともアルカンドロス広場へ突入して護民騎士団を援護すべきか迷っておられます。ご命令を」

「ウム……」

決断を迫られて、ナリスの白いおもてがいっそうきびしくなった。

「もしも、それがワリスたちをもアルカンドロス広場にとりこめてからたいらげようとするためのワナだとワリスが危険だ。だが、アムブラへ追撃するのは……アムブラはきわめていりくんだ上に孤立したところだ。それのほうがさらに危険だ。よし、ディラン、ワリスに伝令を。ヤヌス大橋をまずワリスに占拠させよ。そしてリギアが追い付いたら、リギアにヤヌス大橋の死守をまかせ、ワリスは広場へ突入して護民騎士団を援護せよと。同時に、カラヴィアのランを保護し、できれば護衛をつけてただちに北クリスタルへ送り込んでそのままランズベール城へ入らせるよう小隊をさいてくれと伝えろ」

「かしこまりました」

「竜の騎士……結局、幻覚ではないというわけか……」

ナリスはつぶやいた。そこへさらにかけこんできた、こんどは騎士の伝令が膝をついた。

「ナリスさま！　近衛騎士団二個大隊がネルヴァ城方面から、ランズベール城にむけて火矢をはなち、攻撃をしかけて参りました！」

「きたか」

ナリスは動じたようすはなかった。

「よし、これはリュイスにまかせる。リュイスが一番よくこの城のことは知っているのだからね。——リュイス、火矢をともかくふせがせて。武器庫やうまやに火がつくとウマたちが騒ぎだすだろう。騒ぎに乗じてせめこまれると辛い」

「心得ました。いってまいりますッ」

ここで待っているのには、ナリスならずともすっかり苛々していたようすで、リュイスが得たりとばかり飛上がった。

「ナリスさまのご身辺が少し手薄になりすぎます。誰か呼び戻します」

「ルナンがいるから大丈夫だ。たぶんそれに、近衛騎士団のほうもまだ全力でランズベール城にいどみかかってきているわけではないと思う。もしそうなら、火矢でおどしをかける前にまた破城槌を持出しているだろう」

「わかりました。ようすをお知らせします」

リュイスが出てゆく。司令本部はにわかな人の動きであわただしさにつつまれた。

「ワリス侯が竜どもの撤退したヤヌス大橋を確保し、民衆は歓呼の声をあげております」

ディランが魔道師の報告を中継した。

「民衆は聖王ナリスさまの名を叫び、ワリス侯の名をよんでかっさいしています。——学生たちは負傷者の手当にかかりはじめました。——リギアさまの隊が到着しました。これからご命令どおりワリス隊と交替します。ワリス隊からは、アルカンドロス広場に突入し、護民騎士団を援護する、との報告が参っております」

「もう、これ以上はどうあっても兵はさけない。こちらでも、近衛騎士団とはじまったからね」

ナリスは机の上にひろげた、クリスタルの地図と、出動が決まったり情報が入るたびにその上にカイがすばやくおきかえる小さな旗が示す配置図をのぞきこんだ。

「もともと、手勢はそう多くないのだから……これ以上アルカンドロス広場に兵を投入すると、ランズベール城が手薄になる。私が一番気になるのは、このさわぎはそれがあちらの狙いではないか、ということだ」

「ナリスさまッ」

伝令がかけこんでくる。

「近衛騎士団をひきいる、エウリウス長官から伝令が参っております。ナリスさまの軍のことを反乱軍、と明確によび、反乱軍はすべてただちに剣をすて、武装を解除して開門するように、と大声で門の外から通達しております。さもなくば、ただちにランズベール城を総攻撃にかかるかもしれぬ、と」

「この期に及んでまだ交渉ごとか？」

ナリスはせせら笑った。

「広場の情報がこちらには入らぬとでも思っているのかと答えてやれ。パロを守る聖騎士団がパロの民衆をうたせたからには、聖王国への反逆者はそちらだとな」

「かしこまりました」

「きゃつらのことだ。そうして、火矢で注意をひきつけ、おもてむきに交渉をしてみせてこちらの気をひき、それで気をそらさせてそのすきに、本当はネルヴァ城側でない別の方角から攻めかかってくる、というような奸計も充分考えられる。リュイスにいま現在攻めかかっている東門だけでなく、ほかの門にも注意をはらうようにいっておいてくれ」

「かしこまりましたッ」

「ご報告を」

また、魔道師があらわれた。

「アムブラに逃げ込んだ竜の頭の騎士団のあとを追った下級魔道師が、『竜にやられた』という心話を残してどうやら殺されたようすです。竜頭の騎士団はアムブラに入ってから、隊列をとき、ばらばらに逃げたようすです」

「ばらばらに……だと」

ナリスのおもてがけわしくなった。

「どういうことだ」

「よくわかりませぬが……もしかするとそこで、竜頭のかぶりものをとったかなにか、したのかもしれません。とりあえず、あれだけの人数の騎士団が突然見当たらなくなったというのは——あの異形だけに、たとえ隊列をといてばらばらに逃げ込んだにしても、妙です。ひきつづき調査するか——下級魔道師のそのなりゆきをみると、下級魔道師クラスのものでは歯がたたぬようです。とりあえずもう少しランクが上のものを送り込み、ひきつづいて竜の

「充分に注意するよう、いってくれ。竜の頭はかぶりものなのか？　そうではなさそうだ、とさいぜんロルカが云っていたが……」

「私の見るかぎり、あれは作りものでもかぶりものでもございませんでした」

ロルカがおのれの報告の信憑性をとわれたかと、きつい口調でいった。

「確かに私は……その点をもっとも注意して見なくてはと考えましたので、よくよく観察してみました。確かに司令官の口がぱくぱく動き、そこから声がもれてくるのを私は確認いたしました。あれは作り物でも、かぶりものでもございません。口のなかに舌がみえ、その舌が動いてものをいっておりましたから」

「ということは……どう思う、ロルカ。ディラン」

ナリスはいまや手放せぬ腹心となった二人の上級魔道師を見比べた。ロルカとディランは顔を見合せた。

「いまの段階ではなんとも……決定的なことは申せませぬが……ひとつには幻覚の魔道によって竜の頭とみせかけたか――」

「しかし、一般の民衆や、護民騎士団であっても魔道に対しては普通の人間ですから、その人々がごまかされるのは納得がまいりますが、私は上級魔道師です。――魔道による幻覚であれば、私はたとえその幻覚が及んでいても、自分で、魔道が使われているというパワーの動きを感知いたします」

ロルカがいくぶんつよい口調でいった。

「もうひとつの可能性は、逆で——アムブラに入ってから、魔道によって、竜頭を、ふつうの人間の頭とみせかけたかということです。——にしても、竜頭の騎士たちはおよそその数、もっとも少なく見積もっても百騎はいたもようです。それが全員、魔道使いだなどということは……魔道師ギルドならば知らず……といって、各方面に散らばった百人以上の者に及ぶような広範囲の魔道は……なみたいていの術者では……」

「いずれにしてもこの竜頭の騎士どもについては知れている事実が少なすぎるな」

ナリスはきびしい口調でいった。

「いま、早急に判断を下すのはよしにしておこう。当面はかれらも撤退したのだ。いつまたどこにあらわれるかわからぬが、ともかくまずは現在の情勢のほうに全力をあげよう」

「また伝令のご報告が入ってまいりました」

ディランが云った。

「ワリス侯とリギア伯軍が到着してから、マルティニアスひきいる国王がたの聖騎士団は、かなりほこさきがにぶってきたということです。——アルカンドロス大門から、国王がたの援軍が増援されるようすはまったくなく、パレスはしっかりと大門をしめたまま、内側に近衛騎士団をおいて守っています。——マルティニアス軍はかなり浮き足だってきました。ずっと戦っているので、疲れも目立っているようです。ワリス軍が広場に突入してから、かなりマルティニアス軍がひきぎみになってきました」

「近衛騎士団は？」

「リュイス侯とご連絡をとります」

ディランは出ていった。が、すぐ戻ってきた。

「東大門ではあいかわらず、にらみあい状態になっております。――火矢はいくつか屋根に燃えつきましたがただちに騎士たちが鎮火しました。その後は火矢は続いてははなたれず、近衛騎士団は東大門をとりかこんで待機のかまえです。――リュイス侯が見たかぎりでは他の門、またはほかの箇所に騎士団がせめかかろうと兵がふせられているようなようすはない、とのことでございます」

「そうか……」

ナリスはじっと考えに沈むようであった。ランズベール塔のなかに、その沈思をさまたげまいとするかのような、重い沈黙が流れていった。

2

「ラン」

よろめくように近づいてきた男を、ランはようやく、もと学生のタンゲリヌスだと認めた。顔半面にありあわせの布で包帯をし、それに血がにじんで惨憺たる格好だったのである。

「おお、無事だったか、タンゲリヌス」

「あんたが……無事でよかった……もうとっくにやられてしまったかと……思ってた」

「大丈夫だ」

まだ、そこは戦場のまっただなかである。だが、とりあえず、人垣が作り上げた防衛線のなかで、戦闘はここまでは及んできていなかった。アムブラの学生たちは、何回かのさまざまな経験をへて、ともかくもリーダーたちを守り、それから命令をうけぬことにはまったくどうにもならぬ、ということだけはよくよく理解していたのである。それゆえ、激烈な戦闘になったときはしかたなかったが、それがようやく多少戦況が見えるようになってきたとき、かれらが最初にしたことは、リーダーであるランをともかく守り、伝令にゆくもの、ランを守るもの、たたかいに出るものとおのずと分担をつくってゆくことだった。

「皆がよくやってくれたので……さっき報告が入ったがアムブラの者は、ヤヌス大橋で二、三百人くらいやられたし、騎士団とのせりあいでもかなりやられたが、思ったよりも生き残ってる者が多い。――いま、負傷者には手当をさせてるが……薬もないので包帯をまいて血止めをしてるだけだが……」

「ラン、俺はあっちの連中からの伝言を持ってきたんだ」

タンゲリヌスはあえぎながらいった。

「ヤヌス大橋はさいわい、リギアさまの軍が守って下さっている。いまのうちに、ともかくランとその護衛だけでも逃して――北クリスタル区へ入って……できればナリスさまのもとに合流してくれないか。ここにわれわれがこうしていても――かえってナリスさま軍の邪魔になるばかりだ。われわれはちゃんと武装もしてないし……統制されてもいない。ランが、アムブラの人間をまとめてくれないか……北クリスタルへおちのびよう。そしてナリスさまのところにいって義勇軍としてお役にたちたいんだ。このままじゃ犬死にだ」

「わかった。俺もそう考えていたところだ」

ランは大きくうなづくとさっそく学生たち、アムブラの男たちをまとめにかかる。アルカンドロス広場では、まだワリス聖騎士侯ひきいるナリス軍と、マルティニアスのひきいる聖騎士団とが死闘をくりひろげているが、ずっと護民騎士団と戦ったすえにワリス軍の援軍にぶつかったマルティニアス軍はかなり、疲労が目立ち、いくさのようすはかなり下火になってきていた。

「国王は何を考えてるのだろう……」

ランはちょっと高見に作られたその臨時の司令部から、アルカンドロス広場の彼方のアルカンドロス門をあおぐように目をほそめた。

「普通なら、これだけの時間戦っていたらもう、次の部隊をくりだして交替させているだろう。でなければもつもんじゃない。……だが、いっこうに援軍が出てくるようすもない、それはまあ、われわれには有難いことだが――このままじゃ、マルティニアス軍は見捨てられたかっこうになる……」

「でもそれもワナかもしれないじゃないか。ともかく、ラン、ランだけでいいから急いでくれ。みんないってる。ランだけでも、とにかくヤヌス大橋を渡って安全な北クリスタルへ入ってくれ、と」

「ああ」

ランはいそいで伝令に頼んでいた連中をよびよせ、みなをまとめにかかった。そうした役割というのをおのずからになうことになる天性の素質というのがあるものなのか、べつだん、兵法を学んだ覚えもなければほかのものに比べて役職だの、年齢だのが高いわけでさえないのだが、ランはつねに、アムブラのリーダーとしてアムブラの人々に大切に遇されていたのだ。

「いつのまにか……日がかげってきた……そんなに長いこと、戦い続けていたのかな……」

「なんだか、ずっと戦ってたみたいな気もするし……ごく一瞬でしかなかったようにも思えるんだが……」

とりあえずワリス騎士団が護民騎士団の援護に広場に突入してきてくれてからは、学生たちは、ヤヌス大橋のたもとにたまって情勢を見ているだけで、戦いのまっただなかにはいなくてもすむようになっていた。あのぶきみな竜頭の騎士たちもワリス軍に追い払われるようにすがたを消している。かれらはもっぱら、後方で負傷者の手当をしたり、死骸をまとめたりしていたのだ。

「あいつらはいったい何だったんだろう……」

ヤヌス大橋をふさいで、狂ったように逃げまどう非武装のひとびとを容赦なく虐殺していった、あのぶきみなすがたを思い出すだけで、かれらは全身がふるえだすようだった。あんなぶきみな生き物たちは見たこともなかったのだ。

（あんな怪物がパロに――われらの愛する祖国パロにいたとは……）

（いったい、あいつらは何ものだったのだろう……）

「さあ、ラン」

うながされて、ランは護民騎士団の負傷者の乗っていたのを連れてきたウマにまたがった。その周囲をランの親衛隊のように守っていた学生たちが固めた。

（ロイス長官……）

ランは厳粛に手をあげて、アムブラの民を守るために戦死をとげた、勇敢な護民長官に黙礼した。それはまさしくこの内乱の最初の勇気ある死者といってよかった。

「あっ」

そのとき、ランのかたわらについていたパンリウスが低く声をあげた。ランはくらつぼでふりかえる。

「見ろ。マルティニアス隊が、大門のなかに退却するぞ！」

退却ラッパが鳴り渡っていた。かたくとざされていた大門がのろのろと内側に開いてゆく。その内側に銀色に光る聖騎士団のおびただしいよろいかぶとが見えてちょっと人々のどぎもをぬいたが、それは門をかためる護衛の軍であった。それが両脇に割れて、そこに伝令で退却を伝えられたのだろう。マルティニアスのひきいる聖騎士たちが訓練よろしく、さっとほこさきをおさめて駆込んでゆくのが、潮のひくように見える。

「あらてと交替するのかな……」

ワリス軍は疲労し傷ついた護民騎士団をうしろにさがらせ、ゆだんなくむかえうつ陣形をとりながら、大門を囲んで、退却してゆくマルティニアス軍を監視している。だが、マルティニアス軍はそのまま吸い込まれるように門のなかに入ってゆくと、大門が反乱軍をこばむようにがしりと閉った。

「閉った……」

「あらては、出てこなかったな……」

意外そうにパンリウスがいう。ワリス軍も当然、マルティニアス軍に交替してのあらての騎士団が攻め出してくるのを予期していたらしく、いくぶんとまどったように待っている。

「さあ、いまのうちに……」

だが、タンゲリヌスにうながされて、ランはそのまま、惨憺たるありさまになったアルカンドロス広場をぬけだした。そのままヤヌス大橋へむかう。

左右の広場はどこもかしこも死屍累々のありさまであった。ことにヤヌス大橋に近づけば近づくほど、切り捨てられ、うちすてられたむざんな民衆の死骸や、まだ救護の手が及ばず、傷ついてうめいている人々が大地に倒れ、うずくまって血を流していた。ランは思わず歩みをとめようとした。

「タンゲリヌス、これをこのままには……」

「じゃあ、ここは俺が面倒をみる」

すかさずパンリウスがいう。

「それにリギア軍も、負傷者の収容にかかりはじめて下さっているようだ。ランはとにかく、ナリスさまのところへ……頼む」

「おお、ワリス軍が下がってくるぞ」

また、誰かが喚声をあげる。

大門からあらての部隊が出てこぬようすをみて、ワリス侯はゆっくりと兵を両翼を残してうしろにさがらせ、カレニア衛兵隊をずっとうしろにさげていた。リギアの部隊と合流させるつもりだろう。聖王宮はマルティニアス軍を収容してしまうと、ぴったりと大門をとざしたまま、死んだように沈黙を守っている。

「おお、ラン！」

リギアは、凜々しく髪の毛をたばねて、必死に負傷者の収容と手当を命じてまわっていたが、ランを迎えると目を輝かせた。

「よかったわ。無事だったのね！」

「はい。皆がとりあえず、ヤヌス大橋をリギアさまが守って下さっているあいだに、ナリスさまのところへ報告にいってくれというので、いったんランズベール城へ入ります」

「それがいいわ。あの竜の騎士はその目で見たのでしょう。——それについて、ナリスさまたちにちゃんとご説明してちょうだい。こうしてここで、そいつらのために傷つき殺された人々を見ている私でさえ、きいただけではとうてい信じられそうもない話だわ」

「わかりました。いっぺんともかくナリスさまにご報告してから、またアムブラに戻ってきます。その化け物どもはどうやら、アムブラのほうに逃げ込んでいったということなので……私はアムブラが心配で」

アムブラには、ランの妻も弱ったからだをよこたえて待っているのだ。リギアはうなづいた。

「ヤヌス大橋は私が死守しているから……おお、でも、待って。ワリスどのからの伝令だわ」

「伝令でございます。リギア聖騎士伯」

ワリスの紋章をつけた聖騎士が馬からとびおりて膝をつく。

「ワリス侯はこのままあらてが出てこないようならいったんヤヌス大橋西端へひき、ヤヌス大橋を背にして持久戦の陣形をとろうと思う、とご伝言でございます。リギアさまには、できれば大橋の東端までひいて橋をかためていただけるようにと」

「わかりました。でもこのあたり――ヤヌス大橋のまわりはまだ、たくさんの民衆が倒れたまま助けを待っているので……」

「アムブラの者たちは、アムブラの者が助けます。かえって足手まといになってしまっては本意ではありませんから」

ランはすばやくいった。

「タンゲリヌス、パンリウス、すまないがひとを集めて、負傷者たちをアムブラへ。とりあえず広場へでもどこかの家でもいいから、運び込んで女たちに手当を頼んでくれないか。むろん、騎士団のかたたちの負傷者も……もしいたら敵方の負傷者も一緒にだ。われわれはパロの同胞を見捨てたりはしないんだ」

「わかった、ラン」

「そしてなるべく早く……ヤヌス大橋を騎士の皆様のためにあけて……邪魔にならぬようにするんだ。われわれがいるために、かえってお邪魔になっては申し訳がたたない。――アムブラの者たちは半分くらいランズベール城へむかったようだったな。残りの者は負傷者を運んでから、俺がナリスさまのご命令をうけて戻ってくるまで、ヤヌス大橋の手前で待っていてくれ。すぐ戻る」

「わかった」

アルカンドロス広場のそこかしこにも――

傷つき斃れた護民騎士団、両方の聖騎士団の死者のすがたがある。護民騎士団の負傷者はランたちがすでにうしろにひきとれるものはひきとったし、マルティニアス軍の聖騎士団の負傷者は、マルティニアスが大門なかに入るときに連れて引き上げていったので、残されているのは屍ばかりだ。日がかげってきたおそい午後のクリスタル・パレスに、血なまぐさい空気がみちみちている。おびただしい血が滝のようになって流れ、石畳のすきまや低くなったところにねばりつく小さな池となってかたまっている。雄壮な閲兵式や、アルカンドロス大門の上に聖王の出座を得て人々が歓呼の声をあげたさまざまな行事がおこなわれたアルカンドロス広場は、むざんにも、血の池地獄となりはてていた。

それを見捨てて、ランは焦燥にかりたてられるままに、馬をはしらせ、ヤヌス大橋をわたった。十文字に交差して東クリスタル、南クリスタル、北クリスタル、そして中州をつないでいるヤヌス大橋の四つのたもとすべてにリギアのひきいる聖騎士団ががっしりと橋を守り、なにものも通すまいとしている。だがアムブラの指導者のランを見知っているものもたくさんいるし、リギアが目印のランズベール侯の小旗を渡してくれたので、ランとそれを護衛する数人をとどめるものはいない。

（なんということになってしまったのだろう……いったい、パロは、クリスタルはどうなってしまうのだろう、これから……）

ランは心中にうめく声をあげながら、ヤヌス大橋をまんなかで北にまがり、北クリスタル区に入った。

広い目抜き通りのヤヌス大通りは内乱のはじまった知らせに一般人のすがたもなく、ひっそりとしずまりかえっている。北クリスタル区はもともとが、比較的富裕な町人、大商人、貴族たちなどの屋敷町になっているところだ。そのままさらにずっと北へゆけばジェニュアの丘、ヤヌス大神殿にいたる。

ランはそのままランズベール川にそってランズベール城の城門と平行するようにのびている、ランズベール通りにはいり、そのまま西へむかった。この通りも両側にナリス軍のカレニア衛兵隊とランズベール騎士団ががっしりとかためていて、基本的には北クリスタル区はほとんどナリス軍の制圧下にあることを感じさせる。だが川をへだてた城門のむこうにそびえるネルバ城、それに隣接する聖騎士宮はぶきみに門も窓もとざしてまったくなかのようすがうかがい知れぬ。

ランズベール城はさらにその向こうに、川に面して不吉な黒いすがたをさらしていた。かつては、貴族たち、政治囚たちの重罪監獄、決して脱走できぬ牢獄としてその不吉な名をとどろかせたランズベール城だが、いまとなっては、そこにナリスがいると思えばそここそはアムブラの民、またナリスを聖王とあおぐ反乱の民にとっては唯一の玉座であり、至高の君主をまもる王宮にほかならぬ。

そう思うせいか、かつてにかわらぬその不吉なすがたさえも、妙にたのもしく、雄々しくそびえたっているように見える。ランは馬をかけさせてランズベール川にそう長い道をできるかぎり急いでいった。

北大門が近くなるといちだんと、ナリス軍のすがたは多くなり、出身さえもさまざまなあちこちの部隊のよせあつめであるから、ナリス軍の紋章がわりに肩からみな紫の小布をむすびつけ、かぶとの上のかざりものにも、紫の布をつけている。要所要所に、まるで不吉な黒いガーガーのような魔道師のすがたが見られるのが、いかにもアルド・ナリスの軍勢らしい印象をあたえる。

（そういえば……ヨナは先にナリスさまの御命令をうけてくるといって、ランズベール城にむかったのだった……）

（ヨナが通り過ぎてから、あの竜の化け物めがあらわれたのだろうか……だったら、よいが、でないと、ヨナがもしあの虐殺にまきこまれていたとしたら……）

（大丈夫だろう。ヨナはあれでぬけめのない……むろん武勇などには縁はないが、しかし敏捷だし、何よりも、きわめてかしこい、機をみるに敏なやつだ。うかうかとは殺されはすまい……）

（ナリスさまのところにもうたどりついていてくれればいいが……）

このあと、この反乱――いや、革命のゆくえが、いったいどこにおもむくものか……

それは、もはや、ナリスにさえわからぬにちがいない。

国王の圧政と暴虐とに反発した、ただの反乱と思っていたものが、フタをあけてみると、それはあの竜騎兵たちのような思わぬ謎をはらんでいた。なによりもついにパロの国民にたいして、あやしい怪物の竜の騎士たちが虐殺の刃をむけたこと、そしてそれにもましてパロにとっては最大の英雄である聖騎士団がパロの国民を殺すその怪物たちにくみした、ということが、すべてのパロ国民にとってはあまりにも強烈な衝撃である。

（おのれ、許さぬ――キタイにのっとられた傀儡国王レムス一世め……）

ランはランズベール城の北大門にようやくたどりついた。

そこはカレニア衛兵隊の勇士たちにがっちりとかためられていた。こんどの調査はきびしかったが、リギアの渡してくれたランズベール侯の旗のおかげでなんとか無事に城内に案内されることができた。城内はたくさんの騎士、歩兵たちがゆきかっていて騒然としている。

「カラヴィアのランどのですな？」

下級魔道師があらわれて、ランを護衛してきたものたちを待たせ、そしてランをランズベール塔のなかへと案内してくれた。ランズベール塔をぐるぐるとのぼってゆくあいだにも、遠くから――だが分厚い石の壁をへだてているからこそ、遠くきこえても、じっさいにはたぶん同じクリスタル・パレスのなかからきこえてきているのだろう――かすかなたたかいの物音とおぼしきものが、ひどくあわただしい、騒然たる空気をかもしだす。

（ああ……）

パロはどうなってしまうのだろう――ふたたび、ランの胸をそのやるせない苦しみがみたした。

「聖王、アルド・ナリス陛下がお会いになります」

簡略に小姓が告げて、ランはランズベール塔の頂上近いてっぺんへまでぐるぐるとのぼっていった。こんな、塔の上にたてこもってしまっていて、いざというとき、ちゃんと逃げられるのだろうか、という不安が、ランの胸にきざす。

「こちらへ」

この城がいまどのような状況にあるかをしめすように、日頃なら優雅なおしきせに身をつつんでいるのであろう小姓たちもすべて、完全に武装し、腰にいかめしく大剣を吊っている。たくさんの、護衛の騎士たちにまじってかなりの数の魔道師がいるのが人目をひく。

「この上が陛下の司令本部になっております。どうぞお入り下さい」

「ランどのですね？」

扉があいて、あらわれたのは、ランもすでによく見知っている小姓頭のカイだった。カイも、凜々しく軽装のよろいを身につけ、短いマントをつけて、戦さ装束に身をかためている。

「ナリスさまはおまちかねです。よく御無事で……こちらへ」

「ナリスさま！」

なかは思ったよりも広い室になっていた。ランは入ってゆくと同時に、そのちょうどまんなかの巨大な机を前にして座っているナリスのすがたに目を吸い寄せられた。

巨大な机の上には、大きなパロ全図とクリスタル全図、そしてクリスタル・パレスの地図とがかさなりあうようにしてひろげられていた。その上のあちこちに小さな旗やしるしものがおかれ、突っ立っているのが現在の戦況を示しているのだろう。

「おお、ラン、よく無事で……」

ナリスの両側に、ランズベール侯と、そしてルナン侯とが立って、その机の上をじっとのぞきこむようにしていた。まわりはいつなりと伝令にとびだせるよう用意して待機している伝令の騎士たちと、護衛の騎士、それに魔道師たちで一杯だった。二人の武将のかたわらに、不吉な黒い影のようにディランとロルカの両魔道師が立っている。

「アルカンドロス広場から脱出してきたのだね？　大体のようすは魔道師の報告できいたよ」

ナリスは無事をことほぎあうむだ話になどまったく手間をかけなかった。

「竜の怪物のような騎士たちがあらわれたという話だったが、ランはその目でみたのか？」

「はい。それで、リギアさまが、たぶん現実に見た人間から御報告申上げないとわかっていただけないだろうとおっしゃって……あやつらは、確かに人間ではありませんでした。あれはかぶりものではありませんでしたし……これまで一回として、みたこともうわさにきいたこともないような怪物でした。だがおそろしく残忍で……聖騎士団が我々におそいかかろうとしたとき、護民騎士団がそのあいだに入って盾になって下さったのです。そして、護民騎士団から、一般の民衆は、ヤヌス大橋が占拠されて渡れなくならぬうちに早くアムブラ方面と北クリスタル区へわたってくれと御要請がありました。それで私が命じて皆をそれぞれにヤヌス大橋方面へ撤退させようとしていたとき、突然、ヤヌス大橋の手前のところに、その竜の化け物があらわれたのです」

「突然といったね。でもいきなり空中からあらわれたわけではないのだろう？　かれらは、どこからあらわれたようだった？」

「突然……にしか見えなかったのです」

ランは口ごもった。

「私はそちらを見ていましたが――むろん私はそれほど大橋に近いほうではなくて、アルカンドロス広場の大橋に近いほうの一画に、みながやぐらをくんで、その上で指揮してくれるようにと頼みますのでそこにのぼっておりました。ですからかなりよく見えたと思います――それまで、そちらにはたしかにそんなものはいなかったのです……いたのは、聖王騎士団がごくわずか、それはヤヌス大橋の退路をたつというような感じではなく、監視のために、というようすであったのですが……でも、アムブラからきたわけはありません。というか……アムブラにあんなものがいたら……むろん、誰かから私のところに伝令で報告なり、救援をもとめてきたと思いますから……」

「それはそうだ。で？」

「突然あらわれたその竜頭人身の怪物は、馬に乗って妙なかたちのオノや槍を手にしていましたが、まえぶれもなくアムブラの者たちにおそいかかりました。――まったく容赦なく、女子供でもなんらわけへだてなくオノをふるい、槍でつきさして人々を虐殺しました」

なるべく、感情的にならぬようにいおうとランは歯をくいしばった。

「そして、うしろにいた連中は、前でそんな虐殺がおきているとは夢にも気づいてなかったので……前から、押すな、化け物だ、助けてくれ、という声がきこえたのですが、まさかそんなものがいようと思わず……うしろではしだいにたたかいが激しくなってきたので、ともかくヤヌス大橋をわたってしまわねばということで……どんどん、おしよせていったのです。それで……いっそう被害が大きくなりました。……その前に、半分以上のものを私はヨナともども、ランズベール城へまわるよう、北クリスタル区へまわらせておいたのですが……」

「ヨナ」

するどくナリスはいった。

「ヨナはこちらにきているはずなのだね？」

「はい。まだ参っておりませんでしょうか？　ナリスさまにお目にかかってくる、といって——まだ聖騎士団が護民騎士団と戦端をひらく前に出ました」

「ここにはまだきていないはずだ」

ナリスのおもてがきびしくなった。

「ロルカ。魔道師ひとりに一個小隊をつけて、ヴァラキアのヨナを探しに戦場方面へ派遣してくれ。ヨナをみつけしだい、ここへ」

「かしこまりました」

わあーっ——

どこかでまた、あらての敵があらわれたのか、かすかな遠いときの声がきこえる。だが、ランズベール塔のなかはおそろしいほどしずかであった。

3

「ウ……」

ポタリ、ポタリ——

どこかで、水滴がしたたりおちている音がした。いや、いま突然にはじまったわけではなく、ずっとしていたのだ。それが、いま、ふいにはじめてきこえたかのように、おぼろげになっていたヴァレリウスの意識のなかに入ってきた。

(ウ……ッ……)

全身が、鉛のように重い。そして両手のつけねには、ひどいいたみが走っていた。しばらくまたしても己れが気を失っていたことに、ヴァレリウスは気がついた。

(く……)

やせたからだにまとうことを許されて残されているものは、下ばきだけだった。あとの衣類と魔道師にとって何よりも大切なさまざまな魔力のもととなるまじない玉やまじない球、まじない紐などの道具とつねに隠し持っているさまざまな魔道師の武器は、すべて容赦なくはぎとられてしまっていた。余分な肉など、ひとかけらとしてついておらぬ、あばらが浮いてみえるほど痩せた彼のからだは冷え切って、ただそうして吊るされているのさえ苦痛なほどに氷のように冷えてしまっている。季節は悪くはないが、塔のなかは、厚い石の壁におおわれ、日もさしこまぬ上にここはおそらく地下なのだ。空気はひんやりとして、ひどく冷たかった。

（ウウウ……）

ヴァレリウスは、なんとか、己れの状態を把握しようと、目をとじ、ゆっくりと魔道師の精神集中をこころみた。全身の激しい痛みがそれをさまたげる——背中も、腹も、脚も、めちゃめちゃに鞭うたれ、激しくうずいていたし、ずっと両手をあげた格好で吊り下げられている両腕と肩とは、脱臼して関節が抜けてしまいそうに痛く、もうかなり長いことそれが続いていたためにしびれて感覚がマヒしてきはじめていた。何回か激しい拷問にさらされたものの、そのあとは、吊るされたままずっと放置されていたのだ。ヴァレリウスはなるべく、そうして吊るされている両腕に血液が循環するよう、激痛をこらえて、意図的に腕の位置をかえたり、からだを無理やりに動かしてからだのなかに血液を流れさせるようにつとめていたが、苦痛にはことのほか強いヴァレリウスではあったがそれも、かなり体力の限界をこえはじめてきていた。

（もう……どのくらい、時間がたったのだろう……）

おのれがキタイの竜王の手におちてから、恐しく長い時間がたったような気がする。だが、じっさいにはそれほど時間がたってはいないだろうということはヴァレリウスにはわかっていた。

（一昼夜は……たっただろう。二日は……どうだろう。三日はたっていない……それは、確実だ……）

ヴァレリウスは、何よりも、苦痛と恐怖のあまり正気が失われてしまい、自分自身のコントロールを失ってしまうことをおそれた。あまりに苦痛が激しいときには、彼は必死でおのれを正気づかせておくために、さまざまなことを考えた。キタイの竜王も魔道師であれば、おのれの頭のなかをのぞきこみ、さぐろうとすることも考えられたが、それに対しては一応、正気が保たれているかぎりは、上級魔道師の彼には精神的なブロックがかけられるはずだ。だが、正気が失われてしまえば、精神そのものが敵の思うままになってしまう。彼のもっともおそれていたのは、そのことであった。

（俺が……きゃつらの……思うままにあやつられる傀儡になってしまったら――すべては、おしまいだ……）

とらわれて、意識を取り戻したとき、彼はすでにこの地下牢に運び込まれ、裸にむかれてすべての魔道の道具をとりあげられ、何よりも大切な、あるじと共に死ぬために――あるいはあるじのあとをすみやかに追うために肌身はなさず首からさげていた、毒の入ったゾルーガの指輪をも取上げられていた。そして両手首を冷たい鉄のかせにかけられ、たかだかと手をあげた格好で地下牢の石壁につながれていたのであった。

彼が意識を取り戻した、と見ると、敵があらわれた――そして激しい拷問がはじまった。

だが、ヴァレリウスは魔道師である。魔道師の肉体的条件は、通常の人間とは違う。魔道師ギルドに所属する本物の魔道師は、ごく幼いころから魔道師の塔と、それに付属する山中の魔道師の城のなかのみで生活し、食物も、飲み物も、生活習慣もすべてよき魔道師となるための修業についやされるのだ。

同じように厳しい修業をつんでも、当人それぞれの持っている資質によって、どこまで魔道師としての力を得られるかはおおいに違う。——だが、普通の人間が普通の生活をしているかぎり、心話や《閉じた空間》による移動、また心話を増幅したり、そういう特殊な、魔道師特有の能力は決して得られるものではない。魔道とは、決してあやしい魔法の呪術だけではなく——そのような部分も確かにあることはあるのだが——それ以上に、人間の脳がもともと持っている潜在的な能力を、最大限にまで発達させ、他の普通人がうまく使いこなしていない精神的な能力《ちから》を発掘し、修業し、また他の魔道師仲間と協力することによってその力を増幅して、人間が普通使い得ないとされているさまざまなおどろくべき能力——空を飛んだり、ひとの心を読んだり、ひとの心をあやつったりする、そういう力の集大成なのである。それゆえ、魔道師となるために、見習たちは幼い子供のころから、激しい断食だの、精神集中の修業だのにあけくれる。魔道師はみな鶴のように痩せている。余分な肉のついている魔道師など決して存在しないのだが、それは、魔道師が、むろんそうしようと思えば普通人の食べる食物も食べはするし、それによって用もたりるが、根本的には、おのれのからだを作りかえてくれ、魔道により適したからだにしてくれる、魔道食と呼ばれる食物しか、食べないで修業をつづけるのが当然だからである。

　魔道師たるものはまず、おのれの肉体を完璧に精神のコントロール下におくことを修業の第一としなくてはならない。肉体の欲求に屈することは、魔道師の資格を失う最たる条件とされているのだ。それゆえ、魔道師たちは水も飲まず食べ物もとらぬ行を必ず修業し、しだいに水をのまないでいられる期間をのばしてゆき、最高位の魔道師になるともう、食物も水もほとんど摂らなくとも生きてゆかれる、とさえ伝説は伝えている。おのれ自身の精神によってのおのれの肉体を養うのだ。それゆえ、世界の三大魔道師と呼ばれる〈闇の司祭〉グラチウスや《大導師》アグリッパ、また《北の賢者》ロカンドラスなどは、それぞれに何百歳のよわいをへていると——アグリッパにいたっては、これはむろん伝説にすぎないが、なんと一万年ものあいだ生きているとさえいわれている。魔道師となるのはまた、不老不死の肉体を追求することでもある、とされているのだ。

　また、苦痛にも、快楽の誘惑にも一切屈しない肉体と精神も要求される。それゆえ、魔道師といえば、生涯不犯の誓いに縛られるものも多い。魔道師たるとは、人間であることをある意味、捨てるようなものなのだ。そして、どこまで、その要求にこたえられるかによって、どこにでもいる町の占い師に毛のはえたような下級魔道師でおわるか、それともきびしい試験に合格して上級魔道師からさらに導師、大導師にまで出世できるかが決まるのであるから、断食、断水の行のほかに、冷たい水にうたれ、炎の上を素足で歩き、あるいはおのれのからだをトゲのはえた鞭で鞭打って苦痛を感じないからだを作る行や、水の上をすべるように歩く術、空を飛翔する術など実に多くのおそろしいまでの苦行が修業として用意されている。

ヴァレリウスは、もともとごく幼いときから魔道師になるために魔道師の塔に入団した生え抜きではなく、本来なら魔道師を志望するにはかなり遅い年齢から魔道師たらんとこころざして、それらの恐しい苦行に耐えぬいてついに上級魔道師となった魔道師である。それゆえ、その痩せたからだと精神とは見かけとうらはらにおそろしく強靭であったし、有能であった。そうでなかったら、もう、とっくにこの拷問と、それよりもさらにおそるべき精神への打撃のために、狂ってしまうか、肉体もぼろぼろになってしまうかしていただろう。

(こんな、苦痛など――このていどの拷問など、何でもない……俺は魔道師だ――俺は上級魔道師ヴァレリウス――)

(あのかたも……かよわいあのかたでさえ、耐えた苦痛を……魔道師のこの俺が……耐えられなかったら……俺には……あのかたをおのれのただひとりの姫とよぶ資格などない……)

壁に、鎖でつながれ、激しい拷問をうけているあいだも、それからそのまま傷ついたからだを手当もされずにつないだまま放置されたあいだも、ヴァレリウスの頭にたえずあったのは、同じようにとらわれ、ランズベールの塔のなかで、キタイの手先のカル・ファンの激しい拷問にさらされた、おのれのあるじのことであった。

(あのかたも……このいたみを……味わったのだ。あのかたも……俺の何倍もかよわい、華奢なからだで……この肩と腕のいたみを――いや、あのかたは、上からつるされて……足に重りをつけられて、それで肩の骨が外れてしまったと……医師はいっていた。あのかたの苦しみは、こんなものではなかったに違いない……俺は魔道師——俺は上級魔道師ヴァレリウス……あのかたがそれに耐えて生き抜いた苦しみを……この俺に耐えられぬわけがあるか……)

何があろうとも、この窮地からぬけだして、一刻も早く、彼ひとりを頼りとしているかよわいあるじのもとにかけつけねばならぬ——

その思いだけが、ヴァレリウスを強烈に支えている。

(落ち着け……落ち着くのだ。奴等がお前を殺すつもりなら、もうとっくに殺している——そうしないということは……奴等はお前をなんらかのかたちで、操って、道具として使おうとしているのだ。——そのためにやつらはお前の精神を弱らせ、そしてこの魔道師の強靭な抵抗と精神的なブロックを砕くために俺のからだをいためつけているのだ。……その手にのるな……お前は魔道師だ。お前は……あのかたよりもずっとずっと強く、たくましく……鍛えられているんだ……精神も、肉体も……)

長い、寒さと全身のいたみと肩の抜けそうなくるしみに耐えているだけの苦痛きわまりない時間を、ヴァレリウスはただひたすら、ランズベールの塔で彼の救出が遅れたばかりに一生を車椅子ですごすことになったいとしいあるじの身の上に思いをはせて耐えていた。ナリスもまた、ランズベールの塔の最下層の地下牢に連れ込まれて残虐な拷問を受け、同じように——いや、もっと残酷に天井からつるされ、腕の骨も筋も砕け、足が壊死してしまう苦悶にあわされて、結局その右足は切断のやむなきにいたったのだし、両腕も残された足ももとどおりの機能を回復してはいない。また、激しくいためつけられたからだそのものも、ついにまったくもとどおりの健康を取り戻す見込は失っていた。いまのナリスは、よほど体調がよければ車椅子に座っていられるが、ちょっとでも無理をすればたちまち高熱を発していのちまでもあやうくなってしまう、廃人同様の病人でしかない。腕も、もはやかるい羽ペンをもって思うように文字を書く機能さえも失っていたし、どんな軽いものをも、関節の筋ののびきってしまったその腕では持上げる力もなくなっていた。そのむざんな拷問によって悲惨な運命におそわれたあるじを、むざんな——といたむよりも、さらにいまのヴァレリウスには、おのれの有能で力にあふれたからだが、あるじと同様の廃人にされてしまうことが恐ろしかった。

それゆえ、ナリスの運命を念頭において、この苦しい状況のなかでも、腕や足が弱って壊死してしまわぬよう、ヴァレリウスは激しい苦痛に耐えて腕や足を動かしつづけ、肩と腕になんとか血液を送り込もうと奮戦しつづけていた。魔道師であるので、その点はかなり普通の人間よりは分がいい。

（落ち着け——これに近い苦行もお前はしたことがある——一日に何刻もさかだちですごし、さいごには何日もさかだちのままですごす行も——指一本でからだをささえる行も——お前は耐えて、こなしてきた。……それにくらべれば——魔道師でもないナリスさまでさえうけたこの程度の苦痛など……落ち着くのだ。ヴァレリウス——できうるかぎり、おのれのからだを守り……おのれの能力を守れ……）

鞭うたれる苦痛のほうは、魔道師は感覚をブロックする術を最初にまなぶゆえ、見かけの凄惨な血まみれの傷のわりにはたいしたこともなく当人はやりすごせている。魔道師というものは、現世の人間の感覚を超越した超感覚、超肉体感覚を持たなくてはならぬ、というのが魔道の根本だ。それゆえ、おのれの感覚をコントロールするのは魔道師の最初の修業である。ずっと吊るされている腕の苦痛のほうも、もし常人であったのならもうとっくに腕はしびれて感覚がなくなり、ナリスのように壊死するところまで組織が破壊されてしまったかもしれぬ。だが、ヴァレリウスは気をつけていたので、まだおのれの痩せた強靭な肉体が、解放されればただちにもとの能力をふるうことができるだろうということに何の疑問も持っていなかった。

それよりも、こたえたのは、いわば人間を精神生命体に進化させようとするものである魔道の徒にとっては、何よりも巨大な衝撃——精神への拷問のほうだ。

（リーナス様……）

ヴァレリウスは、そのあまりにも意想外な攻撃をくらったとき、最初は、あまりの予想もつかぬ攻撃に一瞬、確かに正気を失った。

（くそ……）

だが、その後、かえって、肉体に受けた強い苦痛が、精神の衝撃から彼を正気にひきもどしてくれる効果があった。その意味では、激しく鞭うたれたことなど、むしろ、精神の正気をたもつために有難かったくらいだ。

（リーナス様……）

それはよりにもよって、彼の精神的な弱点をいやというほど計算しつくされた攻撃であった。ヴァレリウスにとっては、おのれが魂をかたむけてつかえた剣の主こそ、もっとも重大なものである。ヴァレリウスの性格は、忠誠と情愛とを核にして出来上がっている。

それゆえにこそ、その、幼い日に行き倒れていた少年のヴァレリウスを拾ってくれ、そして父親に頼み込んで養育させてくれ、学問の道につけてくれたリーナスへの愛情も忠誠もきわめて深いものであった。長いあいだ、ヴァレリウスは、おのれが祖国パロへの忠誠と、あるじリーナスへの忠誠と、たった二つの忠誠のみによって生きている、と信じてきたのだ。

だが、そのリーナスを、おのれの手にかけて殺した——その、ヴァレリウスの苦悩はすさまじいばかりのものであった。もしも、ほんのちょっとでも、アルド・ナリスへのヴァレリウスの感情がいまよりも薄いものであったら、とうてい、ヴァレリウスにとっては、可能な裏切りではなかった。だが、いまのヴァレリウスにとっては、ナリスを守り、その反乱をともに成功させる——それはすでに、かつてあれほど忠誠を捧げていた大切な《リーナス坊っちゃん》をさえ手にかけて悔いなしとするまでに、彼のいのちと魂のすべてをかけたただひとつの目的と化していたのだった。

（ナリスさま……あなたが、したのです。あなたが……私を……こんなにも変えてしまった。あなたが……）

そのナリスに見入られてしまったことを、狂うほどにうらみもしたし、また、（なぜ…

……）と、なぜおのれだったのか、なぜ自分でなければならなかったのか、と髪の毛が白くなるほどに煩悶したことも十たびや二十たびではない。だが、いま、もはやヴァレリウスの心はさだまっていた。

（もう、引き返せない……）

恋を捨て、幼い日の恩義と長い情愛への忠誠をも捨て、血を吐く思いでえらんださいごの熱情にもう、この身は捧げてしまったのだ。いったん心がさだまれば、リーナスを毒殺することにさえ、何のためらいもなかった。

（俺は……俺は、これほど恐しいやつだったのか……俺は、狂っているのか……俺は、このただひとつの想いのために、いとしい——ただひとりの家族のようにもいつくしんできたリーナス坊っちゃんをさえ、手にかける——それほど狂おしく思い込んでしまったのか……）

だが、ナリスを守るためだ——ナリスを守るにはそれしかない、そう信じたとき、ヴァレリウスにはためらいはなかった。

（俺は——俺は、あのいとしい悪魔を守るためなら……この世すべてをさえ、滅ぼすだろう……）

あれほどの苦しみと煩悶、煉獄で一生あぶられつづけているかのような苦悶をこえて、リーナスを屠った——

そう、信じたのだ。

だが、その、とらわれた彼の前にあらわれたのは——

その、《リーナス》のすがたをみたとき、彼は恐しい——のども裂けるほどの悲鳴をあげて気を失った。そして、それから水をぶっかけられて意識を取り戻したときも、あられもなく、のどが張り裂けるほど、悲鳴をあげ、泣き叫びつづけ、「イヤだ、イヤだ！　くるな、こないでくれ！　俺を見ないでくれ！」と絶叫しつづけたのだった。死んだはずの——彼の手で殺したはずのかつてのあるじのすがた——

その幽霊が、手に鞭をとって彼を激しく拷問しはじめたとき、だが、ヴァレリウスは急速に、上級魔道師の知性とコントロールをとりもどし得た。

（リーナスさまじゃない……いや、リーナスさまかもしれぬ……だが、これはもう……リーナスさまじゃない……）

（何を取り乱している……ヴァレリウス……愚か者め！　こんなたわいもない……いや、おそるべき魔術には違いないが、こんな下らぬ残虐なまやかしになぜそのように手もなくのせられて取り乱す……馬鹿な……）

《リーナス》の目はガラス玉のようにうつろで、その顔もすがたもたしかに彼の愛した《リーナス坊っちゃん》のものではあったが、もう、二度とかつての生き生きとした、脳天気で愛すべきパロの大貴族の少年の魂がそこに宿ることはないのは、ヴァレリウスには、ようやく明らかであった。

（確かに——俺は、リーナス様を殺したのだ。……いや、チャンスがあれば、解毒剤が間に合うように、そう仕組んではおいた……だが、解毒剤は間に合わなかった……そしてリーナ

ス様は死んだ……本当に、死んだのだ。それは確かだ）

（こやつからは、不吉な――ぞっとするような、ゾンビーの匂いがする……恐しい、おぞましい――《死人》のにおいしかしない……）

（やはり、リーナス様は死んだのだ。この俺がこの手にかけて殺した……そして、ここにいる《リーナス》は……）

（ゾンビー）

（キタイの王のおそるべき魔力によって……よみがえらされた死体だ。これは……）

それは――

魔道師ヴァレリウスにとっては、あまりにも恐しい、魂がこおりつくような、究極の恐怖にみちた禁断の黒魔術であった。

すべての白魔道は、《魂返し》の術を、最大の禁忌としてきびしく禁じている。死者をよみがえらせ、あるいは死者の魂をよびもどし、あるいは死者にかりそめの生命をあたえて動き回らせ、おのれの命令にしたがう生ける屍――文字どおりの――とすることは、きわめて困難ではあるが恐しく力のある魔道師にはできる。

白魔道のおきてのきびしさをいとうて黒魔道に走った〈闇の司祭〉グラチウスなどは、その禁忌から自由になったとして、ふんだんに死者にかりそめの生命をあたえるおぞましい《魂返しの術》を使って死体をおのれの配下としているといわれている。それは、いわば呪われた黒魔道の象徴ともいうべき暗黒の秘儀なのである。

(俺としたことが、ふいうちをくらって……考えてみれば当然だったではないか……あいては黒魔道どころか、暗黒魔道師連合までが敵とみなす、黒魔道よりもさらに悪魔じみたキタイの竜王……そこにいかなる禁忌もおきてもあろうはずもない。……きゃつがどのようなわざを使ってでも、俺の最大の弱点をゆさぶろうとするのは当然だったのだ)

(くそ……ふいをつかれたとはいえ、なさけないぞ、ヴァレリウス……リーナス様のすがたに動揺し——あれほど打撃をうけてしまうとは……)

だが、もう、こうして体勢をたてなおしたからには、同じ手はきかぬ——

そう、ヴァレリウスはひそかに心中期するところがある。

だが、同時に、それは血のこおるような認識をともなっていた。

(恐しい——ヤンダル・ゾッグは、《魂返し》の秘術までも楽々とつかい……クリスタル宮廷にきゃつが深く入り込んでいるとしたら、こののち、いったい何人がきゃつによって……ゾンビーとされて、きゃつの傀儡となっているか知れたものではない……)

(いったい、パロ宮廷はどうなってしまうのだろう……)

本来は、ナリスの反乱に対しては、あくまでもナリスに呪縛され、パロへのおのれの忠誠とのいたばさみに苦しみながら、ナリスの悪魔的な陥穽にからめとられるようにして、加担することになった——と感じていたヴァレリウスだった。

だが、こうして、おのれ自身がとらわれてパロ宮廷をおそっている陰謀の中核にはからずも入り込むにつれて、ヴァレリウスのなかで、愕然と目覚めている衝撃がある。

(あのかたは……間違っていなかった。それでは……あのかたの夢想だと、それともただの妄想だと……いや、あるいは、あのかたが、おのれの反乱を正当化するために考え出した詭弁だと考えていたことそのものが……)

(いや……あのかたがおそれていた最悪の事態よりも何倍も——もしかしたら、おそろしい陰謀が進行していたのかもしれない……ナリスさまははからずもそれの一端に気づき、そしてそれをきっかけに反乱を決意されたけれども——本当は、それどころではなかったのかもしれぬ……)

(気づかぬうちにクリスタルの宮廷にいったい何がおこっていたのか……パロは——パロはいったいどうなってしまうのか……)

(早く……俺の見たすべての情報をもって、ナリスさまのもとに脱出しなくては……あのかたとて、あのかたのすべてのあの知力をもってしてさえ、こんな——パロ宮廷の重臣たちがひそかに竜王の傀儡にすりかえられてゆくような事態など、想像もしていまい……しかも……しかも……)

ヴァレリウスがまた、時間もわからぬ苦悶に呻吟していたときだった。

いきなり、地下牢の扉があいた。

4

「ウ……」

ヴァレリウスは、とっさにまたしても、弱りはてて正気もないていをよそおい、ぐったりとうなだれた。入ってきたのは牢番だった。ガチャリといきなり、鍵の鳴る音がしたかと思うと、ヴァレリウスの傷ついた手首は、長いいましめから解放され、ヴァレリウスのからだは石の床の上にくずれおちた。

「ウッ……」

牢番がしりぞくと、そのうしろにいた二人の兵士がぐいとヴァレリウスのはだかのからだを、腕に手をかけてひきずりあげた。引っ張られて、いためつけられた腕に激痛が走り、ヴァレリウスは悲鳴をあげた。兵士たちはとんちゃくせず、ヴァレリウスのからだをひきおこすと、そのまま、ひきずるようにして地下牢を出た。

(どこに……連れてゆくつもり……だ……？)

ヴァレリウスは、なかば意識を失ったようにみせかけながら、じっと苦痛に耐えてひきずられていった。兵士たちはひとことも口をきかなかった。

（いよいよ――処刑するつもりか？　それとも……）

いずれにせよ、ヴァレリウスにとっては、もっとも恐ろしかった瞬間はあの、この手にかけたはずのリーナスが生きてあらわれた瞬間であった。それを通り過ぎてこうしてまだ、とても無傷でとは言えぬものの、ちゃんと生きて、正気を保っていられるからには、何があっても大丈夫だ――ヴァレリウスはそっとおのれに言い聞かせた。

（俺は……俺は何があろうと……生きてナリスさまのもとに……）

（俺がいなければ、あのかたはどうなる……自分の身を自分で守ることもできないあのかたは……冷酷非情な陰謀家の仮面の下に、あんなあどけない、幼い子供のままのような魂を隠したあのひとは……同じ部屋のなかの本をさえ、とるために立ち上がることもできぬあのかたは……）

（どんなに、案じておられるだろう。どんなに、不安に思っておられるだろう……どんなに、不便で、困っておられるだろう……俺は、一刻も早くこのへまな虜囚のはずかしめから抜けだして、あのかたのもとに還らなくては……）

兵士たちは沈黙のまま、ヴァレリウスをひきずってゆき、長い廊下をわたり、階段をあがり、さらに階段をいくつかあがってまた廊下をまわっていった。

（ここはヤーンの塔のなか――たしかあの塔は地上が七階、地下は三階までだ……ということは、これで地上に出て……地下牢ではない階にのぼったということか……）

ヴァレリウスはうめきながらそっと数えてみる。兵士たちは足をとめ、カギをあける音がした。それから、ドアをあけると兵士たちはヴァレリウスの背中をどんとついて、室のなかに彼を文字どおり放り込んだ。そして、そのままドアがしまった。

(どういう……ことだ……?)

ヴァレリウスは、しばらく、その場に倒れたまま動けなかった。いや、半分は本当に衰弱していて動けなかったのだが、のこり半分は、ようすを見ようと動かなかったのだ。だが、足元は、すでに冷たい石の床ではなく、床の上にうすいながらもじゅうたんが敷かれているのがわかった。ヴァレリウスは室のなかにひとの気配がないのを確かめると、おもてをあげ、そっと室のなかのようすを眺めた。

(牢獄……)

そもそもヴァレリウスがパレスに潜入したのは、幽閉されたリンダ大公妃を救出するがためだ。かろうじてひとたびはリンダのとじこめられている室を発見するのに成功したのだが、そのときにあらわれたヤンダル・ゾッグのためにヴァレリウスはとらわれたのだったが——

この室は、リンダが幽閉されていた室とかなり雰囲気が似ている。むろん、リンダの牢獄のようにきちんといろいろな設備がととのっているわけではないが、隅にちゃんと寝台があり、寝具もととのっていた。窓はなく、ドアののぞき窓にはがっしりとした鉄棒がはまっている。室の一隅に、かんたんなかこいをつくって便所と流しがしつらえられ、寝台のかたわらに木のテーブルがあり、その上に、灰色の寝間着のような服がきちんと畳んであった。ヴァレリウスはうさんくさそうにそれを見たが、手をかざしてみるようなしぐさをして、何も仕掛けがないかどうかを確かめると、それをとりあげて身につけた。そのまえにさらに、手にとって、すみずみまで、何か魔道の仕込みがないかどうか確かめる。

(何のつもりだ……俺にまだ、死なれては困るということか)

(かもしれぬ——俺とリンダさまが、おそらくいまのナリスさまにとっては最大の弱点——というか、人質にとるには、この二人がもっともナリスさまにとってはこたえる相手だろう……その俺をとりあえず、死なせないで幽閉しておこうということか)

ドアがあいた。兵士が入ってきて、盆を、サイドテーブルの上におくあいだ、うしろで、他の兵士と、魔道師の格好の牢番がひとり、じっとそのようすを見張っていた。盆の上には、粗末な、パンをそえた大麦のシチューと飲み物という、食事の一式が乗っていた。それをおくと、兵士は無言のまま出ていった。またドアがしまり、カギのかかる音がする。

(食事までもくれようというのか)

ヴァレリウスは、敵の腹を探るようにその食事の上に手をかざして、また仕掛けを探った。魔道で何かの仕掛けがほどこされていれば、それは魔道師の彼にははっきりと感じ取れるのだ。だが、とりたててそういうものも感じられなかった。だが、ヴァレリウスは、湯気のたつ食事を前にしばらく考えこんだ。

(仕掛けはない……だが、中になにか、俺の精神を——あやつるための……黒蓮の粉なり、もっと俺の知らぬ麻薬のたぐい、術がききやすくなるための何かそういう小癪な罠がしかけてないとは限らぬ)

ヴァレリウスはしばらくじっとその食事を見守っていてから、それを慎重な動作で便所に運ぶとすべてなかに捨ててしまった。それから、気をつけて、それだけ残しておいた茶をてのひらにしたたらせて何やら調べていたが、それから、その茶だけは有難く飲んだ。すでにさめていたが、しばらく水も食物もあたえられなかった身に、それはしみとおるようだった。

(ううっ……)

ヴァレリウスはそれで少し力をつけると、寝台の上に——むろん、そのまえに寝台の仕掛けがないかどうかもくまなく調べた——弱ったからだをやっとよこたえて、目をとじ、おのれのからだの状態をくまなくチェックした。受けたダメージがどのくらいのものか、足は、手は、背中は——内臓は、といちいち調べて確認してゆく。むろん、これだけの拷問をうけたのだ。ダメージのないわけもなかったが、正気が戻ってきてからはたくみに痛みをブロックしたり、筋肉をコントロールしたり、また腕にも血が通わなくならぬよう極力いたみにたえて腕を動かしていたかいは歴然とあって、解放されるとたえがたいほどにあちこちが痛みはしたものの、どうやら、ナリスのような悲劇におちいりそうな可能性はまったくなかった。

(手も……じきに元通り使い物になりそうだ。いや、いまでも……ちょっと力は入らないが魔道を加えればなんともない……)

ナリスのむざんななりゆきを思い出すと、それだけでまた、全身がちいさくふるえ出してくるような気がしてくる。それは、おのれがそうなるという恐怖のためだけではなかった。

ヴァレリウスは、ゆっくりと、あおむけになって目をとじ、はたから見たら泥のように疲れはてて眠り込んでしまったと見えただろう。だが、かれは、そうして目をとじて、じっと念を集中し、おのれの魔道の力をよびあつめていたのだった。からだに、よびさまされた魔道のパワーが戻り、すみずみへみなぎってゆくように、念をあつめ、イメージのなかに、瘦せたおのれの四肢のすみずみにまで、水が漲ってゆくように力がゆきわたってゆくさまを思い描く。眠らせて、温存しておいた活力と生命力が深いところからゆっくりとわきあがり、からだを浸してゆく。ヴァレリウスは魔道師の呼吸法をおこないながら、一方でじっとあたりのようすを探るためにも念をこらした。

一番おそれていたのは、念をそうして外にむけて使うと、敵方の魔道師にその念波の流れを感じとられて、おのれがそれほど、見かけほどのダメージをうけていない、ということを悟られてしまうことだった。ヴァレリウスは、一見いかにも、もうどうにもならぬ、死の寸前までおのれが追い詰められてぐったりとなってしまったと見せるよう、ずっとおのれの念波を遮断していたのだ。だが、念を使えば同じ魔道師には感知されざるを得ない。

だが、どこかから監視されているかどうか、室のまわりがどのように結界が張られているかどうか、などはどうしても知らないでおくわけにはゆかなかった。ヴァレリウスは注意深く少しづつ念をのばしていって、それを探った。

（ふむ……一応結界は張ってあるが、それほど強力ではない——ワナだ、とも考えられるし……俺がもう参っていると油断している、とも考えられる……いや、それは考えにくい。やはり、俺がどのていど本当にくたばっているかも調べるために、結界をゆるめてあるのかもしれない。あまりつつきまわすのはよそう）

とりあえず、じっと監視しているような気配は感じられなかった。が、塔全体におそろしく強力な結界が張られていることも感じとれた。

（これだけ強力な結界だと――通常は、ひとりやふたりの魔道師では無理だ――二十人以上の魔道師が力を増幅してあわせていなくてはどうにもならない）

（一人のおそろしく邪悪な強大な魔道師が結界を作っている、という感じは………しない……この念のかたちは大勢のそれほど強くない魔道師の念波がすべてあわさったときに出るものだ）

（わからぬ……）

外の情勢がどうなっているかさえ、わかれば――

それが、一番気にかかる。ヴァレリウスは、じっと目をつぶって念をおのれの体力を回復させることに集中しながら、ひそかに思った。

（竜王はどうしたのだろう。――あれだけ強大な魔道師だから……近くにいればまるで巨大な炎が燃え上がっているようにあつく感じるはずだが……そうでもない。邪悪な気配の残留思念ははっきりと感じるが……それは、それほど強くない……竜王はこの塔にはおらぬのか……だが、それもワナかもしれぬ――）

（魔道師ギルドと連絡は……とれそうもないか……）

魔道師ギルドに連絡をとるためには、かなり強力にこの結界を内側から破らなくてはならぬだろう。まだ力がもとどおりに戻っていないいま、そのために気づかれて、さらにむごい拷問でせっかく温存し、また少しづつ戻そうとしている力をすべて吐きださせられるようなことになっては、元も子もない。

(落ち着け……落ち着くんだ。じっと、力をためろ――まずは、力を溜めろ。たくわえろ……《気》を集中させ、おのれのなかに溜まってゆく《気》を全身にゆきわたらせ――いつもの上級魔道師ヴァレリウス、ギルドのナンバー10たるこの俺の本来の力をよみがえらせるのだ……)

(焦るな。ナリスさまのことも、いまは考えるな……お前は……あのかたのことを思うと必ず判断が狂う……必ず《気》が乱れる……それほど、あのかたに呪縛されている……いまは、あのかたのことは考えるな。あのかたは大丈夫だ……あのかたは強い。あのかたは……神の加護がある……そう考えて……あのかたのことは考えるな……おのれの力をあげることだけを考えるのだ……)

はたから見れば、まさに弱りはてて泥のように寝入ってしまったとしか見えぬだろう。だが、ヴァレリウスは眠るどころではなかった。じっとおのれの体内に少しづつ魔道の《気》があがってくるのをはかりながら、あたりの気配に息を詰めていたのである。そして、それこそはまた、ヴァレリウスが、苦しい拷問のさなかでも、ずっとそうしたくてたまらなかったことでもあった。《気》さえあがってくれれば、魔道師は常人とは違う。食事をとらぬのは、行のひとつとして、むしろ度がすぎなければ精神集中があがる方法としておおいにすすめられているくらいだし、いたみも同じである。肉体の痛みは精神を集中させやすくするひとつの早道であるとして、かるくだが鞭うたれることで精神のコントロール力を養う修行もまたあるくらいだ。

(おかしな話だ。……もう、このところずっと……ナリスさまの策謀のおかげで宰相などというものにつけられて以来、日常の雑務に追われまくって、ゆっくりと精神集中をして根本的な精神能力をととのえたり、鍛えたりするひまもなかった。——ようやく、こうしていると、魔道師の俺がゆっくりとからだのなかによみがえり、そのことをよろこんでいるような気さえする——そうだ。やはり俺は……魔道師なのだ。政治家にも、伯爵などというものにもなれない……俺はただの、上級魔道師ヴァレリウスなのだ……)

(これでだがもう、魔道師宰相などという茶番劇からも自由になれる……あとはただ、ナリスさまのおそばにさえ戻れれば……)

ヴァレリウスは、ゆっくりと呼吸法をつづけ、まじないの文言を基礎訓練の順番どおりにくりかえしながら、いたみがしだいに去ってゆき、からだのすみずみにまで魔道の《気》の活力がよみがえってくるのを心強く味わった。

が、ふいに——

ヴァレリウスのようすがかわった。いったんさっとはねおきようとしかけたが、思い直して、またなにごとも気づいていないふりをして、目をとじた。だが、魔道師の視力は、まぶたをつらぬいてちゃんとすべてを見届けていた。

（………！）

ドアのすきま――

通常なら、それこそ虫でも通ることはかなわぬだろう、一見すると毛ほどのすきまもない鉄のドアの下のすきまから、何かがどろどろと這い込んでこようとしているのだ！

（おのれ……）

また、これが竜王のあらての責めか――

ヴァレリウスは、よこたわったまま、ゆっくりと浅く短く息を吐き、痺れが回復してきて痛いままだがかなり動くようになってきた手をそっと自分の腹の上に両側からひきよせた。そっと指さきが腹の上でふれあう。両手を使って印を組むのが魔道のもっとも基本的なポーズである。だからこそ、魔道師を幽閉するにあたって、竜王はヴァレリウスの両手をはなしたまま壁からつながせたのだ。

指と指のふれあうすきまから、《気》のエネルギーが発生するのだ。ヴァレリウスはじっと《気》を溜めながら、ようすを見守りつづけていた。

どろどろと、ドアの下から室のなかに入り込んでこようとする何か……

それは、ずるずると室のなかにアメーバのように這い込んで、まだ全部は入り切らぬうちに、ずるりと身をおこした。まるで、人間をそのまま煮とかしたぽんち絵のように、そこに目や鼻や口がばらばらにあらわれ、それから、それがずるりとまとまってきて、ぷうとふくらんで人間の顔になった。だがまだ妙に、立体感を欠いている。

「起きてんだろ？」

あつかましげな声がいった。

「大丈夫だよ。いま、この塔んなかは、強いやつは誰もいねえから。目、あけなよ。魔道師さん」

「……………」

ヴァレリウスは、ゆっくりと、印を結びながら目をあけた。

どうせ、魔道師の視力にうつっていたとはいえ、じっさいの、現実の視力で見るのとはまたまったく別ものである。ヴァレリウスの目に入ったのは、ぬらぬらと床から起上がってきながら、まるで二次元の、絵に描いた人間に空気をふきこんだようにだんだんふくらんで三次元の存在にと変化しつつある、白い妙にきれいにととのった顔と長いくねる髪の毛、そして真っ赤な唇――もはやお馴染みの、淫魔ユリウスのぶきみだが妙に愛嬌のなくもないすがたであった。

「はじめまして」

ユリウスの紅い唇がにっとほころびた。

「だよね？　はじめまして、だよね？　アンタとは」

「……………」

「びっくりしないの？　おいら、ユリウスってんだ。おいら、師匠のつかいできたんだよ」

「………」

「口がきけないのかな。おったまげて、かたまっちまってんのかい？　おいら、べつだんヒュプノスの術で出てきた幻影じゃないぜ。ほら」

ユリウスの首がいきなりにゅーっとろくろっ首のようにのびて、ヴァレリウスの唇に唇をおしつけた。が、ヴァレリウスが寸前でさっと顔の前に小さなバリヤーを張ったので、ユリウスは不平そうに唇をとがらせながら首をひいた。首がもとどおり短くなって肩の上におさまる。

「愛想がないなあ」

ユリウスは文句をいった。

「どうせ、アンタのことだもの、おいらのお師匠様が誰なのか知ってんだろ？」

「………」

「なんだよ。おいらとは口をきくのもイヤなのかよ。おいら、あんたを助けてやれってお師匠様に命じられて、わざわざやってきたのに。あのすんげえ竜のバケモノの目をごまかすの、けっこうおいらでも大変だったんだぞ」

「………」

「うたぐり深いなアー」

ユリウスはもう、すっかり人間のからだつきにもどって、室の内側に立っていた。あいかわらず、ぬめるように真っ白なはだかは、何ひとつ身につけていなくて、猥褻なすっぽだかだったが、ヴァレリウスのほうはべつだん気にとめもしなかった。ヴァレリウスは、ただひたすら、じっとこの展開に対してすべての能力をフルに全開して探り、そなえ続けていたのだ。

「ウン、用心深い、用心深い」

ユリウスは褒めた。そして手をあげて、黒いゆたかなからすへびのようにうねる髪の毛を頭の上にもちあげた。

「おいら、綺麗だろ？　アンタのお姫様とどっちが綺麗？　おいら、アンタに会ったらいっぺん、そいつをきいてみたかったんだ。おいら、クリスタル大公――いや、パロの聖王様よりか、綺麗だと思わないか？」

「………」

ヴァレリウスは何も罰当たりな悪態をつかずにすませた。ユリウスはずるそうに横目でヴァレリウスを見た。

「アンタ、おいらのこと、知ってるね」

うろんそうにユリウスはいった。

「なんか、そんな気がするよ。アンタ、いつ、おいらのこと、見たんだよ？」

「フラムの町の近くでね。淫魔の旦那」

ヴァレリウスはやっと、かすかにニヤリと笑みをうかべて返事をした。ユリウスは首をひねった。

「フラム？　なんだっけなそれ？──まあいいや。おいら、どうせばかだから……お師匠様がいうんだ。もう、このままじゃあの馬鹿な魔道師はどうにもならない、このまんまキタイの竜にとっつかれて、このままだとパロは大変なことになるから、すぐにいって、助けだしてとにかくわしのとこに連れてこい、ってね。だから、ヤだけど、きてやったんだ。──おいら、長ものはあまり得意じゃないんだ。特にあのキタイの長ものは苦手だよ。チ＊＊＊が化け物みたいに──って化け物か──どでかいのは魅力だけど、あごにょごにょ長いのはね。でもいっぺんくらい、＊＊てみたいなって思うけどね。ま、いっぺんくらいだね。好奇心でね。……いかな淫魔だって、相手を選ぶ権利はあるからね。ね、そう思わない？」

「さあね」

ヴァレリウスは気楽そうにいった。そして寝台の上にゆっくりと身をおこした。

「アンタ、変なやつだな」

ちょっと不平そうにユリウスはいった。

「おいらを見て、なんかもうちょっとさ……綺麗だなあーとか、可愛いーとか、それともバケモノとか、面白いやつだなーとか、なんかないわけ？　なんか反応してくんないと……つまんないよ。おいら、あんまそういう扱いには馴れてないんだ」

「そいつはすまなかったな、淫魔の旦那。あいにくといま、俺は忙しくて、それどころじゃないんだ」

「知ってるよ。ほら」

ユリウスは、ニヤリと顔を長くして笑うと、手をひょいとのばして、ヴァレリウスの顔のまえに何かをのせた手のひらをつきだした。ヴァレリウスは思わず目を見開いた。それは、ヴァレリウスにとってはいのちよりも大切な——いのちを奪うものではあったけれども——ゾルーガの誓いの指輪であった。

「ほら、取り返してきてやった。——これ、大事なんだろ。あんたとお姫様の結婚指輪だもんなあ」

「それはかたじけないね。貰ってもいいのか？」

「いいよ。そのためにぬすみだしてやったんだ。あ、それからこれ」

ユリウスはヴァレリウスがその指輪をうけとって指にはめるのを見ると、まるで手のひらが二枚つながっていたように、ぱかっと手のひらを開いてそのなかから何かをまたさしつけた。それは黒い、大きな変なにおいのするねばねばするものであった。

「飲みなよ。元気つくってさ。大丈夫、じいさんの調合した魔道薬じゃあるけど、黒魔道のじゃないから。においかげばわかるだろ」

「………」

ヴァレリウスはうろんそうに細心の注意をはらってそれを調べた。それから、そっとそれのはしっこを摘み上げると口に入れた。ユリウスはじっとそのようすを見守っていた。

「あ、飲んだ、飲んだ」

満足そうにユリウスがいう。

「魔道師のくせに、そんなに警戒がなくていいの？　それ、〈闇の司祭〉の調合した魔道薬なんだぜ？」

「おかげで力がだいぶ戻ってきた。礼をいうよ。淫魔の旦那」

「その、淫魔の旦那っての、やめてよ。なんか、すっごくおじいくさいから」

「じゃあ、なんていおうか」

「美しすぎるユリウスさまとかさ。……ねえ、こんなさいだけど、まだちょっと時間あると思うから……おいらと……してみない？　おいら、これも前から思ってたんだよな……天下のパロ聖王様とおいらとどっちが＊＊かなあーって」

「断るね。そんな暇はない」

「ちぇっ、けち」

　ユリウスは頬をふくらませた。それから、何のつもりか長々と首をのばして、空中で一回転させた。

「アンタ、おいらにとっちゃ、あんまし面白い相手じゃないなあー」

　ユリウスは不平そうにいった。

「でも、アンタを助けて、この塔から脱出させてやらなきゃなんないんだ。おいらの師匠が待ってるからね。アンタをどうしても連れてこいって。——アンタにどうしても話があるんだってさ。まったく、面倒くさいったらありゃーしない」

第二話　脱　出

1

「いまさら、確かめるまでもないが……」

ヴァレリウスはゆっくりとあいての反応を見ながら云った。

「あんたのお師匠様ってのは、〈闇の司祭〉だろう。淫魔どの」

「あたーりー」

淫魔は満足そうにくるりと空中で一回転した。そのまま、みせつけるように、猥褻な格好で両足をひろげて空中でさかさになる。

「よく、わかんじゃん。――さすがだな。で、どうする。助けてほしい？　お師匠のじじいに会う？」

「……………」

ヴァレリウスはいくぶんおもてをひきしめた。それから、さぐるように云った。

「あんたは、どうやってこの結界を破ってここに入ってこられたんだ。淫魔どの」

「そりゃもう、おいらの念力は強烈だからねー」

「馬鹿いってんじゃないよ」

ヴァレリウスは口もとをかすかにほころばせた。

「あんたは淫魔だろう。いろいろ妙な能力はもってるようだが、魔道の能力はそんなじゃない。そのくらい、俺にはわかるぜ」

「あ。ますます、気にくわねーやつ」

ユリウスは不平そうにいった。そして、つまらなそうにまたもとどおりのふつうの上下にもどった。

「じゃあ教えてやるけど、お師匠がおいらをここに放り込んだのさ。あのじじいの変な魔法をつかってね。なんだって、そんなこと、きくのさ」

「ふむ」

(グラチウスの魔力だったら、この結界は破れる、ということか……だがもしそこにヤンダルがからんでいれば、いかな〈闇の司祭〉といえども、必ずしもこうかんたんにその目をぬすむというわけにもゆくまい。……ということは、いまは竜王は……このあたりにはいないのだな……)

(キタイに戻ったか、それともいよいよ……もっと竜王がほかの方面に気をとられるような事態がクリスタルで発生したか……)

「情勢は、どうなっているんだか、教えてくれないか、淫魔の大将」

ヴァレリウスはずるそうにいった。

「それによっては、俺の特製の媚薬の作り方を教えてやってもいいよ。どうせ、そんなもの、よく知ってるだろうけど、俺のもなかなかききめがいいんだぞ」

「ヘェ」

ユリウスは興味をひかれたようだった。

「そう、くそまじめ一方でもないってわけ？――わかった、じゃあ、取引成立だ。その媚薬の作り方ってのを教えてくれたら、おいら、あんたのききたいことになんでも答えてやるよ。でも急いでよね。もし万一竜のバケモノが目をさましたら、おいら、大変なんだから」

「目をさましたら――？」

ヴァレリウスはするどくいった。

「奴は、眠っているというのか」

「みたいだね。――だって、いま、おいらがこうやってぽーんと《閉じた空間》でここに放り込まれてきたんだって――お師匠じじいはかなり前から……って、アンタが下手打ってふんづかまる前から、なんとかしてクリスタル・パレスに入り込もうとしてたのさ。だけど、どうしても、入れなかったんだよ――前はね、魔道師ギルドの結界がかたくて入れなかったんだけれども、いまはどうもそれとは違うって……だからじじいはずいぶん早くから、パロが変だってことには気がついてた。……だけど、いまやおいらたちはすっかりキタイをひきあげてきたからね。これからどこで住むことになるんだろうな。おいら、どうせならタイスがいいよ、っていったんだけどな。あそこはおいらのふるさとみたいなもんだからね。あそこの淫気が、おいらをいちばん元気にしてくれるんだけどなァ」

「キタイをひきあげてきた――」

ヴァレリウスはすばやくききとがめた。

「ということは……ずっと、あんたらは、キタイにいたのか？」

「そうだよ。キタイに巣をつくって――そのまえにはノスフェラスにいたし、いまもノスフェラスには巣はあるけどね。イザってとき逃げ込む用にね。それからしばらく、サルデス国境かあ、あそこらへんのくそ寒いイヤな町にいたよ。おいら、寒いの嫌いだから、とんとよりつかなかったけどね。でも、キタイもあまり性にあわないな。とりあえず、こっちにこられて、おいら的にはほっとしてんだけどね。へっへっへ」

「キタイを引き上げた――のは、何か理由があるのか？」

「ねえ、じじいはまさにその話、したいんだからさ。じじいに会ってから直接きいたほうがいいんじゃないの？　じじいがアンタを連れてこいっていったのはね――じじいはアンタに話があるんだってさ。どうしても、アンタと話をしたいんだって、酔狂だね。いったいアンタの何が気にいったんだかおいらにゃとんとわかんないけどさ。……でもとにかく、じじいに云われたんだよ。いまならキタイの竜は眠っておるから、その間にとにかくあの馬鹿の魔道師を助けて、わしのところに連れてこい、ってさ。――竜が目ざめたらもはやすべては手遅れになるぞ、って」

「………」

ヴァレリウスはくちびるをかるくかみしめて、激しく頭を働かせた。

「あのな、淫魔の大将」

かるく舌打ちをしていう。

「俺は……わかってると思うが、魔道師ギルドに所属する――白魔道の上級魔道師だぞ。……あんたの師匠は〈闇の司祭〉――名だたる黒魔道の親玉、本来なら、決して白魔道師が交わってもならん相手なんだがね」

「まじわるって、あのじじいとかい。よしときなよ。あいつイ＊＊＊だよ」

「そうじゃなくだ。ああもういちいち」

ヴァレリウスがむっとした顔をしたので、ようやくユリウスは少し嬉しそうな顔になった。

「でもまあ、＊＊ポなら＊ン＊なりに楽しめる方法もいろいろなくはないからね。まあいいじゃんか……いまさらもう、白も黒もあったもんじゃねえんだろ。それよりもっとすごいのが出てきちゃって、白も黒も灰色も何もかもごっちゃになっちゃう時代がきたってんだろ。そうなんだろ。少なくともじじいはそういってたぜ」

（えい、じじい、じじいとうるさい）

突然、強力な念波が割り込んできて、ユリウスはそれに脳をかるくぶたれたらしく悲鳴をあげた。

「なんだよっ、じじい。きいてたのかよ」

（余計なことをいうな。大人しく、わしの念波を中継しろ）

もやもやとした黒いものが、ユリウスの顔のまわりをとりまいたように見えた。と思うと、それは漠然とした黒いひとの顔になった。

「上級魔道師にしてパロの宰相たるヴァレリウスどのじゃな」

ユリウスの口がその黒いもやごしに動くのがみえた。そして、これまでのユリウスの声とはまったく違う、奇妙なしわがれた声が流れ出た。

「いまはとりあえず一刻をあらそう。詳しい説明をしておる暇はない。ともかくその塔をそのまやかしの淫魔もろとも脱出するのだ。必要に応じてわしが念波を送っておぬしのを増幅してやる。これも厳密には、そちらのギルドにとってはおきて破りなのだろうが、いまはそうはいっておられまい？　それに――わしは、カロンの馬鹿とも話がしたいのだ。ともかく、一刻も早くそこを脱出しろ、でないと、例の長ものが、お前の姫をつけねらっておるぞ。――とうとう、きゃつはヒュプノスの回廊を通って、姫の枕辺にまであらわれたからのう」

「何だと」

ヴァレリウスはさっとおもてをひきしめた。瞬時に、決心がきまった。

「わかった」

彼はげっそりしたようすでいった。

「あまり、気はすすまないが――確かにいまは黒だの白だの云っているひまはなさそうだ。連れてってくれ、淫魔の大将。俺がここから脱出しないと、とにかく何もはじまらなさそうだ」

「やっと、わかったね？」

　黒いもやもやがすうとユリウスの口に吸い込まれるように消えたかと思うと、ユリウスの声がもとのかれじしんのちょっとかすれた甘ったるい声になった。

「おいらだってさあ、本当はアンタみたいな醜男を助けてやるよりか、中原でただひとりおいらと張るんだっていう、お人形のお姫様にずっと興味があるんだけどさ。じじいがとにかくさわぎたてるからしょうがない。ねえ、本当に特製の媚薬の作り方、教えてくれるんだろうね？　約束だぜ？」

「わかってるって。魔道師の約束に二言はないよ」

　ヴァレリウスは立ち上がれるかどうか、慎重に試してみながらいった。

「畜生、あと一ザンあればだいぶからだが回復するんだがな……腕がききゃしない」

「アンタなんか、拷問して、いったい何が楽しいんだろうなー」

　ずるそうにユリウスがいった。

「おいらなら、まっぴらごめんだ。拷問なんかするより、アンタだって一応オトコなんだから、もっとよっぽど楽しいコト、あるじゃんかねえー。……媚薬もイイけど、こっちでお礼してくれるんだったら、おいら、なんでも教えちゃうけどなー」

　ユリウスの手がするりとまた二タールばかりのびて、ヴァレリウスの股間を襲ってきたが、充分予期していたヴァレリウスはまたひょいとバリヤーで防衛してさわらせなかった。ユリウスは憤慨した。

「おいらもいろんな奴をからかったけど、アンタが一番面白くないよ」

「そいつはどうも」

「だのにそのアンタをおいらが助けてやらなきゃならんってわけ？」

「すまないね——だが、そんなにたくさん助けは必要ないと思うよ。とりあえず、この塔をさえ脱出できれば——奴が本当に眠っているということだったら、俺だけだってなんとか——」

「そうはゆかないよ。とにかくアンタを連れてゆかなくちゃならないんだもの。それに、いまもうランズベール城はすっかり囲まれるわ、町には竜あたまの化け物があらわれて突然大虐殺をはじめるわ、クリスタルはいまやたいへんなさわぎなんだぜ」

「なんだって」

ヴァレリウスは蒼ざめた。それをユリウスは小気味よさそうにみた。

「それは、本当か。——竜あたまの化け物だって」

（《竜の門》という、キタイできわめて恐れられていた怪物どもだ）

いきなりまた、グラチウスの心話が流れこんでくると同時に、ヴァレリウスの脳裏に、首から上は不吉な緑がかった竜の頭をもつ、ぶきみな半竜半人の怪物のすがたの映像が送り込まれてきた。

（こやつらが——それほどたくさんではなかったがな、アムブラから集結してきた連中をヤヌス大橋で虐殺したのだ。おかげでアムブラの連中はかなりいたでをうけて、アムブラを基盤にパロ国民にまずアピールして、レムス国王がキタイにのっとられている、ということをパロ全国におおやけにし、おのれが正当なパロ聖王として即位しようとしたアルド・ナリスの計略は、いささか後退というか、停滞のやむなきにいたっとる。——何よりも、その即位宣言のさいちゅうにその虐殺がおこり、またあちらからの攻撃もあったので、せっかくのアルド・ナリスの策略だったが、国民たちにはいまひとつ強い影響をあたえそこなった。——そのへんはまだあちらのほうがうわてだ、というか……それにともかく、やつらの魔力があまりにまさりすぎておる。だからこそ、すぐにお前がわしのところにこないと間に合わなくなるのだ。さあ、もう、いたずらに時間をつぶすのはやめてとっととそこから脱出しろ。竜王が目をさませば、いかなわしとても、お前をもう助けてやることはできんぞ）

「わかった……だが……」

ヴァレリウスはそっとヤヌスの印を切った。

「リンダさまを救出することは出来ないだろうか？　なんとか……」

「それは、無理だよ。だってあの女のひとは、ぜんぜん違うところにとじこめられて、それはそれは厳重に見張られてるんだもの。——最初はアンタとあの女のひとを人質にとって、お姫様を降伏させるつもりだったようだからね、あっちがたは」

「——わかった。じゃあ、リンダさまのことは諦める。で、あんたは、どうやって脱出するつもりなんだ、淫魔の若様」

「こうだよ」

いうなり、ユリウスはまた、どろどろととけて足もとから、ドアのすきまからしみ出してゆこうとしたが、またいきなりもとに戻って笑いこけた。

「冗談だってば。アンタがいくら魔道師でもこのまねはできないだろ。できるんなら、溶けてみせてくれよ」

「あいにくだが、そういう邪悪な魔道は使わないね。それがあんたの計画だとしたら、俺は無理だぜ」

「おらっちは淫魔だし、あんたは魔道師。——それぞれちょっとづつ業界が違う」

真面目そうな顔をしてユリウスがいった。

「だから、おいらにしてやれることは、ドアにあいてくれるように頼むことくらいさ。それから結界はお師匠じじい様が、ええと……ああ、そうなのね？——うん、わかった。だからね、十秒《タル》のあいだだけ、結界をじじい様がおさえて、それを破っても他の連中が気がつかないようにしといてやる、っていってるよ、じいさんが。だから、そのあとはアンタが自分でやるようにって。——じいさんは、キタイから戻ってきてこんどはパロにあらわれてるってこと、まだヤンちゃんに知られたくないんだ」

「ヤンちゃ……ああ、わかったわかった」

ヴァレリウスは呆れていった。

「ほんとに愉快な人に助けてもらって俺は幸せ者だよ。さあ、じゃあ頼むよ。ドアと結界を十秒《タル》なんとかしてくれるってわけだな。俺はとりあえずパレスの外へ出ようと念じればいいのか」

「そうはゆかない。パレスはパレスでまたとっても厳重にあっちこっち、さまざまな結界が張り巡らしてあるんだから。ほんっとに、面倒くさいったらありゃしない」

　ユリウスは不平そうにいった。

「ともかくまず、この部屋を出て——あとは塔を出るときにもう一回結界をおさえるってさ。それ以上は、もうじいさんにもどうなるかわからないって」

「わかった」

　今度はひどく手短かに、事務的にヴァレリウスはいった。そして、ようやくかなり血のめぐりが戻ってきた腕をそっと動かして振ってみた。大丈夫そうだ、とみると、とりあえずつとベッドの上のシーツをひきさいて細いひもにし、それを器用な指さきですばやくあやつりながら編んで、即席のまじない紐を作る。

「これでいい。——さあ、じゃあ、ドアの結界をよろしく頼むと〈闇の司祭〉どのにお願いしてくれ」

「アンタ、態度でかいよ」

　ユリウスは不平そうにいった。それから、するりとまた、こんどはぺたんこのうすい布と化して、ドアのすきまから這いだしていった。あきれたことに、こんどは下のすきまではなく、たてのすきまから這いだしていったのであった。

(なんて、化け物だ)

ヴァレリウスは内心悪態をつくと、精神集中をしながらドアに念をむけた。ふっと、ドアをいましめている魔道のバリヤーがほどけるのが感じ取れた。

(よし！)

ただちにヴァレリウスはドアの鍵穴に手をあてた。すっと、音もなく鍵があいて、ドアが開く。ヴァレリウスはまだ足がかなりしんどかったので、すいと空中にうかびあがり、そのまま回廊をふっとんでいった。むろん、おのれの気配を隠す魔道のバリヤーをからだのまわりに張込むことは忘れない。

(こっちだよ。魔道師の兄さん)

廊下のむこうに、ユリウスがまぼろしのように、半分溶けた格好で浮かんでいた。ヴァレリウスはそれにむかってすーっと空中をすべっていった。はたからもし万一見ているものがあるとしたら、さぞかしおかしな——というか、信じがたいような光景であったことだろう。ユリウスは上半身だけはちゃんとしているが、腰のあたりから下にむかって空中にとけて消えてしまっているというとてつもない幽霊じみた格好でヴァレリウスを先導しているし、それについてゆくヴァレリウスは空中に一タールばかり浮び上がってこれまた幽霊然とすべってゆくのだ。ユリウスのあとについて、ヴァレリウスは回廊をかなりの勢いですべっていった。これもグラチウスの魔道の力のたまものか、廊下はしんとしずまりかえってすべての小部屋の扉はぴったりととざされ、なかから出てくる人間の気配も、警戒して歩き回っている衛兵のすがたもまったくなかった。塔はまるで無人の塔のようにみえた。

「いや、ほとんど本当にもぬけのからだよ」

ユリウスが、まるで口に出されたと同様に平然とヴァレリウスに答えた。

「もともとは、ひと、大勢いたんだろ、この塔もさ？　だけど、おいらが入ってきたら、ここってもうほとんど人いなかったぜ——少なくとも、生きてるホントの人間はね」

（なんだって……）

ヴァレリウスが念波で返事を送り込もうとしたせつなだった。

まるでその念波が声となってきこえた、とでもいうかのように、廊下のむこうに、二人の兵士たちのすがたがあらわれた。ヴァレリウスははっとなった。

（なぜ、気づかなかったのだろう——この淫魔に云われるまで……）

（本当だ……確かに、もうこの……塔のなかにいる衛兵たちはすべて……ゾンビーだ……）

（いや、ゾンビーというのは正確ではないかもしれないが……ゾンビーというのはあの《リーナス》のように、魂返しの術でいつわりの生命をあたえられている動く死体のことだが、この兵士たちは必ずしも死人ばかりではないからだ……なかには死んでいるやつもいるようだが。……だが、精神を乗っ取られている……完全に乗っ取られ、何も気づかなくなっている……俺を拷問していたやつらも……なんだか人間のにおいがしなかったが、あのときにはたぶん俺は《リーナス》のゾンビーにあまりに動揺していて、他のやつのようすをうかがうどころではなかった——甘いな、ヴァレリウス——しっかりしろ。もうこんな下らぬことで

決して動揺してはならん）

（俺が——俺たちが相手にしている悪魔は、とてつもないやつなんだ……）

「どこへ行く！　囚人！」

「どうやって牢を抜けだした！　おのれ！」

兵士たちがさっと短槍をかまえ、ゆくさきをさえぎるように槍をクロスさせた。ユリウスはさっと身をひいた。

「おいら、知ーらないっと」

いきなり、上半身しかないユリウスのすがたがさっと消え失せる。ヴァレリウスは印を結ぶなり、その印のあいだから、青い火をかれらにむけてほとばしらせた。

（ヤーン・ルーディア・ダン・カーン！）

まじないの聖句が唇から発せられたとたん、青い炎が蛇と化して兵士たちにおそいかかる。一瞬にして、兵士たちはまるでかれら自身の内部から出火したかのように、白い炎に包み込まれ、消えた。

ヴァレリウスはそれをふりかえろうともしなかった。そのまま、すいと階段を浮び上がって、地上階の一階の出口へ移動した。ユリウスの首から上だけがふいに目のまえにあらわれた。

「やるじゃん」

ユリウスの朱唇がほころびて褒めた。

「でも、いまので、ほかの連中が集まってきちゃうよ。さあ、お師匠じいさんが十秒《タル》、結界をおさえるからね。飛出すんだよ。いいかい」

「了解だ」

（ヤーンよ……守りたまえ）


〈闇の司祭〉を名乗る、世界三大魔道師の一たるグラチウスがそうまでいうからには、その力を疑いはしなかったが、もしも万一竜王が目をさますなり、竜王が残留思念を使って張った結界のほうが力が強ければ、とらえられたときとまったく同じ——魔道の力どうしが激突して、弱いほうが叩きつぶされることになる。だが、もう、運を天にまかせ、グラチウスを信じるほかなかった。

（よいか——ゆくぞ。三、二、一！）

グラチウスの心話が脳裏にひびきわたると同時に、ヴァレリウスは、飛んだ。

強大な透明なゴムの膜にひっかかったような抵抗感があり、ヴァレリウスはやみくもに身をもがいた——それから、それは蜘蛛の巣のようにねばねばとヴァレリウスを逃すまいとからみついて来た。それをさらにかきわけて（出たい）と念じる——からだじゅうに、うしろにひきずられるような圧倒的な力が加えられ、前に飛出そうとするヴァレリウス自身の力とのあいだに、かれのからだは激しくひっぱられた。

（ワアアアッ！）

ヴァレリウスは必死に聖句をとなえつづける――ふいに、圧迫感がやんだ。

（あ……っ……）

ヴァレリウスのからだは、ふいに涼しい外気を感じた。同時に、土の上におのれのからだが落ちるのを感じる。

（出……られた………ッ！）

（ヤヌスの御加護に感謝を！）

すばやくヴァレリウスは立ち直ってあたりを見回す。そこは、ヤーンの塔のうらてにひろがる小さなヤーン小庭園のなかだった。彼は、ヤーンの塔から脱出したのだ。

（ウ……）

にわかにつきあげるような衰弱とからだのあちこちの痛みを感じて、ヴァレリウスは思わず膝をついた。そのかたわらに、ひょいともう見覚えた淫魔の生白い顔があらわれてきた。

「ばててんじゃん」

あざけるようにユリウスがいった。

「あんくらいの結界を突破したくらいで、体力、ないねェー」

「お前さんも、二昼夜から、壁に吊るされて鞭でぶっ叩かれててみなよ」

怒ってヴァレリウスが云った。

「もっともあんたなら、鞭で叩かれてるよりか、鞭そのものに化けてるほうがお似合いかもしれないけどな。まあいずれにせよ、礼はいわなくちゃなるまい。おかげで外に出られたよ」

「まだまだ。これからだって」

ユリウスは目を細めた。

「とりあえず、ヤーンの塔はね、もうそれほどきびしい警備がされてなかったからね……でもそれ、じいさんはちょっとワナかもなっても云ってたけどね。最初はあんだけ厳重にバリヤー張ってたのに、だんだん警戒がゆるくなってきたのは、アンタをもしかして泳がせてなんかに使おうってたくらみもあるかもしれないから、よくよく気をつけろって。まず、ちょっと全身をチェックしてみてよ。何も、変なもん、くっつけてないかどうか」

「わかってる」

ヴァレリウスはすばやく、おのれの全身をあらためた。それはユリウスあたりに云われるまでもなかった——魔道師なら、何かひとつ、おのれの力をこめたごく小さなもの——針だの、毛ひとすじでさえ、相手に付着させておけば、相手とのコンタクトを楽々とかなり遠距離まで保ち、それを通じて相手の念波に同化して相手の状態を知ったり、いつなりと相手の居場所を確認したりできる。だが、何ひとつとして、異質なものがおのれのからだに付着しているという感覚はなかった。

「大丈夫のようだ。さあ、これからどうする」

「そりゃもう決まってる」

ユリウスは面白そうにいった。

「飛ぶんだよ。飛んで、ノスフェラスへゆくんだ」

2

「ノスフェラス、、、だとぅ」

　思わず、げんなりして、ヴァレリウスは叫んだ。むろん、心話で叫んだのである。

「そいつぁ勘弁してほしいなっ。いかな俺でもそこまで往復してたらえらい時間の無駄じゃないか。本当は一刻も早く、御主人のところへ戻りたいんだからさ」

（そやつのいうことを本気にする奴があるか）

　ふいにまた、ユリウスの口から流れてくる心話が老人のものにかわった。それはまことにけったいな光景であった——同じ口から、二人のまったく違う声が交互に流れてくるのだ。ヴァレリウスは少しも驚かなかったが、魔道に馴れておらぬ者だったらそれだけでもう、かなり頭がおかしくなってしまっただろう。

「そやつは口から出任せが何より得意の淫魔だぞ。——ともかくパレスを出ろ。わしはパレスには近づけん。わしの念は強すぎるから、一定以上パレスに近づくと、たぶん竜王に気づかれてすべてが水の泡だ。近づけるぎりぎりの場所で待っているゆえ、早くそやつともどもここまでくるがよい。——それに気をつけろ、魔道師——すぐ近くの、ロザリア庭園周辺に近衛騎士が集結している。当然警備の魔道士もいるからな。見つからぬように気をつけろ。よいな」

「わかった」

手短かにヴァレリウスはいった。そして、さっと油断なく身構えてあたりの空気に注意の念をのばした。

じっさいにはヤーンの塔のなかに幽閉されていたあいだじゅう、非常に強烈な、敵の念の圧力が結界となってかけられていたのにちがいない。――それから脱出できてみると、まるでずっと空気のうすいところにとじこめられていたのが、ようやく呼吸ができるようになった、というほどに、からだじゅうがほっと力が抜けてゆくような感じさえあった。それほど、竜王の念は――当人がすでにからんでいなくてさえこれほど残留する思念だけで彼を圧迫するほどに強烈であったのか、と思う。

それは、外に出てもすっかりは消えたわけではなく、なんとなくあたり一面が、妙な――一枚、うすい布をでもまとったような違和感と、そしてこれまで一回としてクリスタル・パレスのなかで感じたことのない、異質ななにかの気配をまといつけたように感じられていた。だがそれはよくよくひそめられてごくささいな気配にまでうすめられていたから、よほど注意しなければ――あるいはヴァレリウスほどにするどい知覚を発達させた魔道師でもなければとうてい感じ取ることはできなかっただろうが。

すでにあたりは暮れかけていた。その夕暮れをむかえたパレスのなかで、この一画はヤーンの塔がそびえたち、そのうしろにヤーン庭園と小庭園、そしてさらにロザリアの園、たくさんの緑に囲まれているせいか、とてもひっそりとして、そこにいるかぎり、まるで森のなかにでもいるような錯覚をさえおこさせる。クリスタル・パレスは、それ自体がひとつの小都市を形成している、といってよいくらい広大なのだ。そしてそのなかに無数の、それぞれに美しいフォルムをもつ塔と、その塔に付属する建物がたち、そのあいだにたくさんのそれぞれにおもむきを異にする庭園がうっそうと緑を茂らせ、そしてそのあいだに、いくつもの宮殿が豪壮な、美しいすがたをみせている。ヤーンの塔のうらてにひろがっているのは、いまは住むものもないままに、仕えるものたちだけが残っているはずの王太子宮だ。そして深い緑につつまれたクリスタル庭園の向こうに、カリナエがある。カリナエから先はパレス周辺部であって、正確には厳密なクリスタル・パレスの内部とはみなされておらぬ。ベック公邸とカリナエはいわばクリスタル・パレスの外郭地区なのだ。厳密な聖王の領域は東西は、白亜の塔からヤーンの塔までで一応終わっているのだ。

そのカリナエはむろん、深い緑にさまたげられて、ここからは見ることはできぬ。――だがふりむくと、北の方角をすべてふさぐようにして、不吉なまでに黒々としたランズベール城が横に長くひろがっており、そのなかほどにランズベール塔がそびえている。ヴァレリウスは、ナリスがその塔のどこにいま位置しているのかを知るすべはなかったが、そこに恋しいあるじがいる、と思うだけで、勇気づけられるように感じてじっとその不吉なすがたをみせる塔のたたずまいを見上げた。

できることならば、おのれの身を案じているであろう主人に、なんとかしておのれの無事を知らせたい。だが、そうしているいとまはなかった。

「本当だ」

ヴァレリウスは緊張した声でつぶやいた。

「ロザリア庭園の周辺からランズベール城にかけて——かなりたくさんの人気《じんき》がある。——それに……」

魔道師の超聴覚をすませると、遠くでかすかに、戦いの物音さえもきこえてくるようだ。とはいえ、この距離で、そんなにかすかにしかきこえないからには、それほどすさまじい白兵戦が展開されているとも思えない。

「あれは……」

「アルカンドロス広場だよぅ」

ユリウスがぼりぼりとわき腹をかきながら云った。こやつにはまた、何ひとつ緊張感というものがない。

「アルカンドロス広場でもう、ひるすぎからずっと、聖騎士団と護民騎士団と……それにナリス軍がぶつかってんだよ。もう、三ザンくらいもどったんばったんやってるぜ。バカだねー、そんないくさなんかじゃなく、もっといいコトに体力使えばいいのにさー」

「聖騎士団が……っ……」

それは、ヴァレリウスには衝撃だった。聖騎士団の去就こそ、もっとも大きな、この反乱が勝利におわるかそれともむざんに敗北となってついえるかのわかれめであったはずだ。

(聖騎士団はレムス王の命令にしたがって動いたのか？　だとしたら……こちらがどれほど頑張っても……)

「さあ、行こう」

その、かれの焦慮も知らぬげに、ユリウスがうながした。

「じじいがじたばたしてるし——それに、ここはまだとっても危ないってよ。——さあ、早く」

「わかった」

「とってもイヤかもしんないけど、おいらにつかまってもらうよ」

「………」

ヴァレリウスは四の五のいわずにすませた。ユリウスがにやーりと笑って、ヴァレリウスにまきついてきた。今度はヴァレリウスがバリヤーを張って自分をはらいのけることもできぬのが、嬉しくてたまらぬようすだ。

「声、立てないでよ。……すぐ近くに近衛騎士団がわんさかいるんだから。さあ、飛ぶよ……あんた、気配消せるね？」

「大丈夫だ。お前さんのぶんまで消してやるよ」

「そいつは助かるね。おっと、アンタ、軽くて楽だ。……飯、食ってんの？　オトコはあんまり軽いと役にたたないぞぅ。……ええとね」

「……」

「また、空中で、もう一回さいごの結界を破るよ。そんときが勝負だってじじいが云ってるから、しっかりつかまって。そんときゃ、イヤかもしれないけど、おいらと力、あわせて破るんだよ。結界を」

「わかってる。よろしく頼む、相棒」

「ほいさ」

ユリウスはヴァレリウスにまるで白い巨大な大蛇のようにまきついた。

ヴァレリウスは、そのぬめりとした異様な感触に耐えた。ふいにからだがユリウスごと、宙に舞上がる。淫魔といえども、相当な力を持った怪物であることは間違いない。

(おお……)

空に舞上がった瞬間、ヴァレリウスは息をのんだ。眼下にひろがったのは、ロザリア庭園を埋めつくしているかなりおびただしい数の近衛騎士団だった。

(すごい。――三個大隊は出動しているようだ……庭園のなかに破城槌まである……)

(おお、王室練兵場のなかにも……あれはネルバ侯騎士団だな……)

(ランズベール城を包囲しているのか……いや、あちらの軍勢は……ランズベール城の北門からランズベール大橋をとりまいているのは……あれは、わが軍だ……)

まだ、このあたりでは、激しいいくさがはじまっているようすはない。

だが、ひたひたとあたりを埋めつくしている騎士団は、要所要所に配置され、すでにそれは、いつなりとも一気に総力をあげて攻めかかれるかまえをとっているのがわかる。両軍ともにだ。

(さあ、旦那、ゆくよ。結界を破るよ。頑張ってね)

ユリウスの念波が脳に入り込んできた。いったいどういう構造になっている生物なのか、念波までも、妙にみだらで、脳の感じやすいポイントをみだらな指さきでうねうねとなであげられているかのような感覚をおこさせる。

が、ヴァレリウスはもう、それどころではなかった。

(ここを突破できれば……逃げられる……)

もう、駄目か――そのことだけは、なんとか思わずにいようと思ったものの、しかし、拷問の苦しみと精神に与えられた衝撃、それに相手のあまりの強力さに、何回か、ついついそう思わずにいられなかった。だが、どうしても、ここを切り抜けなくてはならぬ――という思いのほうがはるかに強かった。

(俺は……あのかたのもとに……還る……)

(何があろうとだ。何があっても……魂だけになっても、俺はあのかたのもとに還る……)

「飛ぶよ!」

ユリウスの激しい思念波がヴァレリウスの脳をつきさした。彼はいきなり、おのれが《閉じた空間》のなかにひきこまれるのを感じた。だが、おそろしく強烈な《閉じた空間》であった――いまだかつて彼でさえ経験したこともないくらい強烈な。が、それはむろんユリウ

スが施術しているものでありうるわけはなかった。

(こ……これが……〈闇の司祭〉……の力か……)

強烈に向こう側から引っ張られているような感覚がある——そして、同時に、《体》が目にみえぬゴムの分厚い壁のようなものにぶちあたる感じがする。

(ウッ……)

(かなり、強い)

グラチウスの思念がヴァレリウスの脳をつかんだ。

(予想以上に強い結界だ。……これは手ごわい。お前、もっと力を出せ……いいか、一気に突き破るぞ……もう、気づかれてもやむをえん。そのまま一気に逃げ延びるから、結界が破れ目ができたらとたんにそのまま、ありったけの勢いで飛べ!)

(わかった!)

(よいか、破るぞ!)

からだが、いきなりつよい力でもちあげられ、何かにむかって一気に叩きつけられるような感覚がおそってきた。

ヴァレリウスの口から思わず悲鳴がほとばしり——

「わああーッ! いた、いた、痛いっ、は、ハラがちぎれる! の、のびちゃう、のびちゃうーッ!」

ユリウスのものらしい頓狂な叫びがきこえ——

ヴァレリウスの脳裏に、まるで水飴をねじったかのようにながながとのびてゆくユリウスの生白い胴がうつり、それから、何もなかったはずの空間が突然竜のうろこのようなものが密生しているぶきみな緑色の渦巻き状となり——

（ワアアッ！）

知らず知らずのうちにヴァレリウスはありったけの声で叫んでいた。

（アアアアアッ！）

（飛べ、飛ぶんだ！）

すさまじい思念の命令が、その渦巻きにからめとられて落ちてゆきかけるヴァレリウスをすくいとり——

渦巻きのなかから無数の触手がかれらのほうにのびてきて、からめとろうとする。

「ヒィィーッ！」

ユリウスが悲鳴をあげた。ユリウスの足のかたほうを、その触手がひっつかんだのだ。ユリウスは思い切り足を長々とのばしたが、そのままひきずりおろされた。

「つ、つかまるぅ！　切って、切っちまってくれ！　助けて！」

（切ってくれ、魔道師！）

（了解！）

ヴァレリウスは念で刀を空中につくりだした。やにわにそれでそのままユリウスの長々と水飴のようにのびた、足というより触手のなかほどをたたき切った。とたんにユリウスはまるでばねがはじけるように空中はるかにふきとんだ。

（ややや）

かすかに、グラチウスの思念がきこえてきた。

（これは凄い。あんなにふきとんだぞ……成層圏の上まで、いってしまったのじゃないか……戻ってこられればよいが）

（わあ！）

いきなり、破れた真空の穴にすごいいきおいで空気が吸い込まれてゆくかのような奔流がおこる――

なにものかの手がのびてきて、ふたたびそこに吸い込まれかけるヴァレリウスの手首をひっつかみ、ひきとめた。ヴァレリウスはきりきりまいをしながら空をとんだ――クリスタル・パレスがはるか下になった。

（飛ぶぞ）

もういちど、《声》がきこえ――

ヴァレリウスの意識はいったん昏くなった。

「あ……」

意識が戻ったとき、ヴァレリウスは、おのれが、見たことのない奇妙な洞窟のようなところにいるのに気づいた。

「ここは……」

「よう来たな。上級魔道師ヴァレリウス伯爵閣下」

目のまえに――

ひとりの老人が座っていた。

洞窟は暗く、そしてヴァレリウスにとってはひどく馴染み深い、魔道のさまざまな品――祈り車やまじない棒、鏡やさまざまな薬草の干してあるものなどがまわりじゅうにかけならべられていた。何もいわれずとも、ヴァレリウスには、ここにすまっているものが魔道師であることが一瞬にしてわかった。

座っている老人は、おそろしく年をとっていた。かなりうすくなってきた白髪は長く、うしろでたばね、そして魔道師のマントに身をつつんではいるが、そのマントは通常のもののように黒くはなく、暗い銀色をおびている。顔は、はかりしれぬほど年老いて、もとの顔がどんなだったかさえ忘れてしまった、とでもいうかのようだった。

その足元に、かなりげんなりして、ぐにゃっとなったユリウスが横たわっていた。もう、人間のかたちをとっているだけの元気もとりあえずないらしく、巨大な章魚《たこ》のように触手に戻ってしまった四肢をぐんなりと投出しているが、そのうちの一本は、半分欠けている。白い顔と、長い黒髪だけがもとのままで、それがこの章魚型の怪物のからだのまんなかについているさまが、なんだかおそろしく妙だった。

「あうー」

ユリウスが力なく抗議の声らしいものをあげた。

「アンタね！――ぶち切るにも程があるよ！――ヒトの足だと思ってさ。……あそこまですっぱりやらなくたって、いいじゃない、あそこまでさ！……おかげで、次の足が生えてくるまで、三本足で歩かなくちゃならないじゃないかッ」

「文句をいうでない。おかげでいのちが助かったんじゃろうが」

老人はそっけなくいった。

「気にするな、ヴァレリウス。――おお、まずは、挨拶せねばならんな。わしは〈闇の司祭〉、地上最大の魔道師グラチウスだよ。そっちは名乗る必要はないぞ。よう知っておるでな。いやというほどな」

「私は、パロ魔道師ギルド所属、カロン大導師に師事する上級魔道師ヴァレリウス」

ヴァレリウスはきちんと正式に名乗った。

「お目にかかれて光栄……といっておきますよ、グラチウス老師」

「なんとか、無事に脱出できたな」

グラチウスはほっとしたようにいった。

「いやいや、ずいぶんと、気をもんだよ。……やはりきゃつめ、思った以上にとんでもない化け物だな。あの結界は、なんと、ただの結界じゃなく……中から脱出しようとするものを、食ってしまうように作られておったよ」

「の、ようでしたね。あんな強い残留思念は見たこともない」

ヴァレリウスは用心してあたりを見回しながら賛成した。

「ここは――？」

「まさか、本当にノスフェラスへ飛んだとは思っているまい。……ここは、わしがとりあえず、パロで当座のかくれがにさだめた、ワルド山地の奥のちっぽけな結界だよ」

「ああ……」

「こういっては何だが、お前が、わしの思っていたよりもかなり強い念の持主で助かった。――いや、上級魔道師であるからにはまあ、どのていどの念を持つかはわかっていたのだが、なにしろだいぶん弱っているようだったからな。……だが、ユリウス一人とわしの外からの加勢だけでは、あの結界はとても抜けられなかっただろうな。恐しいことだ……聖王宮が支配する部分だけとはいえ、パレスのほぼ全域に、あんな強力な結界を一人で張ってしまうとはな。なんと、とんでもない化け物めだ」

一語、一語、力をこめて、うっぷんをはらすかのように老魔道師は云った。

「あんな奴にこの世界を――中原を思いどおりにされてたまるか。……我々の戦いは、いよいよキタイから、中原へと場所をうつし、そしてきた……」

「キタイでは、何があったんです？」

ヴァレリウスはきいた。グラチウスは目をむいた。

「それをきくのか。ああ、もう、いうてやろう。どうせ、云わねば信用せんだろうしな。わしらは……わしは、残念ながら、いうのさえくちおしいことながら、キタイでのたたかいにいったん、きゃつめに破れたよ。いや、正確にはわしを破ったのはキタイの竜王ではない。あのいまいましい豹頭王めだ。やつのおかげでわしは……おおいにあてがはずれた」

（豹頭王……ケイロニアの？）

ヴァレリウスは目をほそめた。グラチウスは肩をすくめた。

「何か、のむか、魔道師。なんでも出してやるゆえ、いうてみるがいい。せっかくここまできてくれたのだ——このアジトでは、お前が最初の客人でな。もてなしてやらねばなるまいでな」

「残念ながら」

ヴァレリウスは首をふった。

「ご存じのとおり、あなたは黒魔道師、しかもドール教団の祖——私は魔道師ギルドに所属する白魔道師、あなたのもてなしを受けることは、おきてで許されておりませんので」

「まあ、そうかたいことをいうでない。この結界のなかは、おきてもへちまもあったものではないということにしようではないか。ほれ、葡萄酒がいいか？　それともいまいましいキタイの白酒か？　なんでもあるぞ」

「いや、私は自分で」

ヴァレリウスは手をかるくあげて、空中から呼出そうとし、それから相手をみた。グラチウスはにやりと笑って、指をぱちりと鳴らした。ヴァレリウスはもう一度手をあげて、空中から、水のみたされた球を生み出し、それをおのれの口にあてた。

「いちおう、用心のために結界を張っておいただけじゃないか！」

グラチウスがニヤニヤしながら弁解がましくいった。ヴァレリウスは何もいわず、水でのどをうるおすと、ほっと息をついた。

「おいらにもなんかくれ、おっちゃん」

ユリウスが息もたえだえにいう。

「本当は一番ほしいのはトートの果汁なんだけどな……あぅ、新鮮なトートの果汁！　濃くってたっぷりした新鮮な！　それさえあればおいら一発で足くらいまた生えてくるんだけど……アンタはふるまっちゃくれそうもないよなあー、魔道師のあんちゃん」

「下らんことをいってないで、どこかの隅にもぐりこんでトルクでもくらってろ」

そっけなく、グラチウスがいった。

「いまやこの馬鹿だけがわしの最大の乾分とあってはな。なさけないかぎりだよ。——いや、むろん、手下のゾンビーどもやグールども、死霊に木端魔道師、そんなものは星の数ほどおるが……使えん奴等ばかりでの。……じっさい、もうちょっと使える奴が配下におれば、あまであっけなくキタイを撤退せずともすんだものをな」

「………」

「何をそう、かたくなって警戒しておる。……いまはもう、わしは何も悪だくみなどしておらんよ。というか、それどころではない。それは確かに、もとはさまざまなことを仕掛けたことも認めるが、いまは本当に、わしはそれどころではないのだよ。……わしにとっての最大の野望は確かにこの世界をおのれの支配下におくことだが、まず当面は、いずれその野望を果たすために、この世界をより悪辣な征服者から守らなくてはならぬ、というのが最大の急務になってしまったのでな。……信じてくれそうもないな」

「………」

「だが、本当だよ。わしにとっては、この世界は、わしが手に入れるまでは、このままであってもらわねばならぬのだ。あの竜めは……キタイの竜めは、わしにとってはまこと、予定外のとんでもない邪魔者だ。なあ、魔道師よ。そう警戒せずと、もっと率直に魔道師どうし、語り合おうではないか。黒魔道師と白魔道師の違いはあれど、われわれは同じ魔道の祖バンビウス魔道師を祖先とする、魔道十二条に忠誠を捧げた――わしとても、ひとたびは忠誠を捧げておったことには違いはないよ――この地上の魔道師ではないか。だが――だが、こんにちただいまの我々の敵は、まったくそれとは異質な……あまりにも異質な敵なのだぞ」

「それは、そのとおりですがね」

「わざわざこんなところまで御足労を願ったのもそうだし、わざわざユリウスめをつかわして、お前をあの竜の罠から助けてやったのもそうだ……い、い、い、いまはそれどころではない、その一言につきる。――それゆえ、わしは、どうしてもおぬしに会いたかったのだよ。本来なら、わしのような大魔道師がじきじきに面会する資格などない、ただの上級魔道師にすぎんとはわかっておったがね。いまのおぬしはそれだけのものではないでな。……おぬしには、あの麗人の運命がかかっておるからな。おぬしの命にはな」

「………」

「時がうつるのが惜しい。端的にいおう、ヴァレリウス魔道師――パロ魔道師ギルドを代表するものとしてきいてくれるがいい。わしと、手を組まんかね？」

3

「これはまた」

　ヴァレリウスは驚いたようすもなくいった。

「異なことをおおせになりますな。ドール教団のグラチウス尊師」

「わしがドール教団だったのは、もう三百年も前のことじゃないかね。まだ蒸返すのかね。――お前さんなんか、ドール教団がなくなったときだってまだ生まれてもいるまいに」

　むっとしたように、グラチウスがいう。

「だが、尊師がドール教団を作られたことには違いはありますまい。が、まあとりあえず、おききしましょう。……おっしゃりたいことはみんなおっしゃる分には、私は大人しくうかがっておりますから」

「お前さん、本当に態度がでかいな」

　グラチウスは呆れたように老いた両手をひろげてみせた。

「そんな奴だとは知ってはいたが、それにしても……いったい、姫は、こんな奴のどこがいいのだ？」

「助けていただいたことには充分すぎるほどに感謝しておりますがね。しかし、私もいろいろと都合もありましてね。——それにやはり私は白魔道師ですのでね。ここにいるとなんだかえらく落ち着かない」

「まだしも、お前さんが落ち着かないこともあるときいて、わしゃ、満足だよ」

グラチウスは憎らしそうにいった。

「だが、まあそのお前さんと手を組まねばならん立場に陥ったことからしてわしのへ、まだ。——どうじゃね、本当に偉大な魔道師というものは、おのれの失敗もこんなにいさぎよく、進んで認めるものなのじゃよ。わしは偉いだろう」

「ははははは、それはもう、〈闇の司祭〉どのですからな。で、キタイのお話でしたね」

「それはまた別の話だよ。いまわしがお前に話そうとしていたのは、わしと手を組まんか、という話だ」

「それは、パロ魔道師ギルドに。それとも、白魔道師連盟に」

「両方だ。わしも、キタイで作り上げて、いまはいったん棚上げ状態になっている《暗黒魔道師連合》を代表する立場で話していると思っていただきたいな。わしがいまお前に申し出ているのは、空前絶後、前代未聞の大同団結、すべての白魔道師とすべての黒魔道師、そしてそれ以上にこの地上のすべての魔道使い全員が結託してあのキタイの竜一味と対決しようではないか、というたいへんな話なのだよ」

「………」

「それほどに、わしはあの竜王めに対して危機感を持っているのだ、と思ってもらってかまわぬ。この世界の最大の、未曾有の危機にさいして、これでもわしはこれまでずっと単身それに立ち向かい、ふせごうとしてきたよ。キタイにまで出向き、おのれのそれまでの平和な縄張りも放棄し、《暗黒魔道師連合》を結成するという偉業もなしとげ――だが、そのすべてはあの呪わしい豹頭のわからずやのために水泡に帰した。……もうだが、きゃつを手に入れようとして画策しておるひまもない。とうとう逆にこれまでわしのそのような努力をせせら笑って傍観していたかに見えていた竜王当人が、こうして中原におおびらにすがたをあらわし、その野望をあらわにむきだしたのだ。――もはや一刻の猶予もなるまい。――わしは」

グラチウスはニヤリと、確かに一種奇妙な魅力と愛嬌のある、年ふりた笑顔をみせた。

「もう、これから竜どもを中原から追い払い、ふたたびこの惑星《ほし》を人間たちのものに取り戻すまでは、当分、世界征服の野望は棚にあげておくことに決めたよ。これについては、もう、いまはわしを信頼してくれてかまわぬ。――というたところで、おぬしらはそうやすやすと信用はまずすまいが、まあ信用はせんでもかまわぬさ。どうせいやでも、事態のほうがわしとともに動かざるを得なくなってくれれば、いかにうたぐり深いおぬしらといえども、わしを疑うか、それともキタイの竜王の桎梏下に落ちるかのいずれかを選ばざるを得なくなる」

「……」

「なあ、ヴァレリウス君。わしは、長いあいだ、中原の制覇と、中原をわしの帝国、魔道の帝国の版図とかえる、という野望をもち、そのためにさまざまに布石をうち、さまざまに陰謀をたくらんできたよ」

しわだらけの口もとをすぼめてグラチウスは云った。

「そして、そのためにパロ聖王家への反逆をそそのかすべく、まだ十六歳であったアルシス王家の忘れがたみをたぶらかそうとこころみたり、またユラニアをかげからあやつろうとしてなかば成功したり、またクムにも、モンゴールにもそれぞれにさまざまに働きかけてみた。それなりにうまくいったり、いかなかったりしたが、それはすべて、人間どもの――われわれ人間どうしのあいだでのことだったよ。それは、いかな疑り深いお前とて認めないわけにはゆかんだろう。――わしは確かに人間というにはあまりにも超絶的な力をもつ空前絶後の魔道師だが、しかしまだ人間だ。人間であるには相違ない。それがむしろわしの人間味というか、魅力といえるでな。フォフォフォフォフォフォ」

「………」

ヴァレリウスは何も云わず、きわめて雄弁な白い目でグラチウスをみた。グラチウスは平気のへいざで続けた。

「さよう、わしは中原征服と魔道の帝国の建設というおおいなる野望をいだいておったが、これなど人間的で、まことに可愛らしいものじゃったよ。いまにして思えばな。そのわしがどうもこれは妙だと思い始めたのは、十年ばかり前、どうもキタイで気になる《気》の動きが集まりはじめたな、ということに気づいたときだ。――それ以来、わしは誰よりも早くひそかに、中原の未来のためにキタイでのその動きと星々の告げる不吉な予言に注目しておった。――この世界を奪い取り、思いのままにするのはこのわしでなくてはかなわぬ。どうして、他のものにそのようなことを許してよいものか――その思いのもとにな。なあ、白魔道師よ、確かに正義というのは立派なものだが、時として、そういう邪まな動機もまたまことに堂々たる結果を生みだしてゆくこともあるのだよ」

「……」

「キタイに集まりはじめている《気》はわしには非常に気になるものだった。――これまで見たこともなかったし、それにひどく異質だった。これはもう、多少なりともきゃつとかかわりをもったあとのお前たちにはようわかるだろう。きゃつは《異質》だ。だがこれまで、その異質さは、はるかなキタイに封じられていたがゆえに、お前たち、限界ある人間どもの目には見えなかった。そしてわしのように先見の明ある、たれよりも遠くをみえる視力をさずかった者だけが……」

「確かに、老師の偉大さは認めるにやぶさかではありませんがね」

ヴァレリウスはたまりかねていった。

「それにしても、お話中だけでももうちょっとその――」

「いちいち自慢こくのをやめろってよー」

ユリウスが突然頭をもたげて憎らしそうにいった。そして長々と舌を口からつきだしてひろひろさせた。

「まったくおいらもそう思うぜ。自慢こき。うぬぼれけむし。くそじじい」

「えい、やかましい」

グラチウスは怒った。そしていきなりユリウスの上に一枚の白い布を投げつけた。とたんにその白い布はふわりとひろがって、ユリウスの全身を包んでしまった。その下で、ユリウスがバタバタとあばれはじめる気配があったが、声はまったくきこえなくなり、くぐもったうめき声のようなわめきだけがかすかにひびくばかりになった。

「当分、大人しくしておるがいい。くされ淫魔め」

グラチウスは手厳しくいった。そしてまたヴァレリウスをふりかえった。

「ともあれ、わし一人が、まだ中原の白魔道師どもが何ひとつ心づかぬうちから、キタイの異様な動きに注目し、そしてそれにむかっていろいろと偵察の橋頭堡を作り上げて送り込んだりもしておった。それゆえに、わしにとっては、まもなくあらわれるであろう豹頭王グインをおのが陣営にひきこむことが、きわめて重大な最大の急務となったのだ」

「……………」

「お前も魔道師なら、多少はわかるであろうが、あの豹頭王グインはまた、きわめて異常な超自然の産物だよ。あやつの持っているパワーは限りがない。文字どおり、限界というものがないのだ。だがそんなことは自然界においてはありえようわけがない。わしはさまざまにあやつを試してみたよ。だが、その結果は――確かにこやつにはどんなものであれ自然界のルールにしたがっている存在物ならば絶対に持っておらねばならぬ、エネルギーのリミットというものがない、という、そういう結論に達するばかりだった。何回、どのように試してみてもな。わしが可能なかぎりのエネルギーを送り込もうと、豹頭王は必ずそれを上回る力をどこからかひきだし、わしのうわてをいったのだ。それによって、わしはついに確信するに至った——あの男は、ただの、あのとおりの存在ではないのだ、とな」

「それは、どういうことです」

「それは、気の毒だが、たかがカロンが如き若僧の下に掬窮助《きつきゅうじょ》とついておるような、御用魔道師風情には、説明してもわかりはせぬようなことだな」

グラチウスは傲然といった。

「そう、それにきゃつの力を引出せるのも利用できるのも、それゆえ白魔道師ではない。——豹頭王のもっとも奇怪千万に思われるところは、きゃつは日頃は、そのような無尽蔵、無制限、無限大のパワーを内蔵しておる、という証拠はまったく見られんのだ。たしかに常人の数倍の力はつね日頃でも持っておるよ。だが、いざというときにきゃつが発揮する、まるで惑星の爆発なみのパワー——あんなものを日頃内蔵しておれば、それこそきゃつのゆくさきざきにはあまりにもたいへんな騒動がひっきりなしにまきおこらざるを得ないだろう。だがそういうことはない。きゃつは、むしろ逆におのれの周辺を鎮静化し、しずめ、平和にする。きゃつの持っている力の性質からしても、それはむしろ逆であるようにわしには思われる。きゃつはむしろ変化をもたらし、爆発させ、そしてあふれ出させる力を持っているはずなのだ。だが、日頃きゃつはまったくその力を見せぬ」

「……」

「これはいったいどういうことなのだろう。――そして、さらにいくつかの疑問――きゃつは、進化する。――これもまた、あまりにも数々の証拠が揃っている。きゃつは、存在しながらどんどん進化する――さまざまに必要に応じて変貌してゆくのだ。これはいったいどういうことだ――本当は、ヤンダルごときにわずらわされているいとまはわしにはない。本当はわしは、これからのすべてのわしの関心と時間をすべて、この豹頭王グインという、あまりにも巨大な謎にむけたい。グインこそ、この地上でもっともおどろくべき謎であり、もっとも奇怪きわまりない存在だよ。ヴァレリウス君」

「……」

「わからぬか。まあしかたなかろう。お前さんはただの書生に毛のはえた程度のもんじゃからな。なかなか健闘はしておるがな。まこと愛とは偉大な力を生みださせるものだが――だがまあそれはよい。ともあれわしはグインのおかげでキタイを敗退のやむなきにいたった。まあわしが、少々焦りすぎたのは認めるよ。どうあっても、早急にキタイの竜と対決したかったがために、グインの力をどうしてもわがものにしようと、あのやせっぽちの皇女を淫魔めに誘惑させておびきだしたのは、確かにわしがいかんかった。というか、拙策じゃった。それによってかえって、わしはグインを怒らせたのみで、キタイへ豹頭王を呼び寄せるには成功したものの、そのために最終的にわしがキタイの橋頭堡から追い出されてしまうという結果を招いたのだ。だが、そうでなくとも、わしはいずれは《暗黒魔道師連合》もろともキタイを撤退せざるを得なくはなっていただろう、いずれな。これは負け惜しみでいうておることではないぞ。あの魔都シーアンが完成にむかったころあいから、わしは――わしはどうも、不吉なよからぬ感覚をずっと感じつづけてきたのだ」

「不吉な、よからぬ感覚――」

「そのとおり。シーアンで何がおこっておるのかはわからぬが、何か、中原にとってきわめて大きな影響をあたえるようななにものかが進行しつつあることは確かだ。急がねばならん。――もう、いまからではグインはとうていわしの言は信用してくれんじゃろう。また、わしのほうも、グインに対すると、やはりわし自身の野望が動きだして、どうしてもきゃつの力をわがものとしたくなってしまう。――それゆえ、当分のあいだ、わしはケイロニアには手だしはできんな、と思う。……だが、そのあいだに、ヤンダルは着々と中原に、思わぬ方角から侵入していた――レムス一世、という傀儡を使ってな」

「………」

「まだ、レムスを救う方策はあるぞ、ヴァレリウス君。それに、国王をいま救わなくては……パロはおそらく――三千年の歴史ある聖なる王国パロは、もはや以前のかたちを留めておくことはできなくなろう。だがそれはもう、おぬしら人間には――どれほど健気に力をあつめようとも、どうにかできる域ではなくなってきているようだ。あまりにも、魔道の領域、超人的なる領域に入ってきてしまったでな、レベルがな」

「………」

「キタイでわしはいまだかつてたがいに手をくんだことさえない黒魔道師どもをかたらい、ついに《暗黒魔道師連合》というあまりにもおどろくべき偉業をなしとげた。……だったら、もう一段さらに進んで、《暗黒魔道師連合》と、白魔道師連盟とが手を結ぶ、ともに対処すべき最大の中原の危機にさいしてだけでも手を結び、共闘する、ということも、出来ぬわけはなかろう。——そうせねば、とても立ち向かえぬような敵が相手であれば、そうせざるを得ないことは、たとえカロンの若僧がどれほど強情で馬鹿であっても解るのではないか？ そうだろう？」

「それは、私からは何も」

「まあそう警戒するな。この結界のなかは言霊の術なんぞ使ってはおらん。——そう、まあ、《暗黒魔道師連合》はほとんど形骸化してしまったが、キタイにも希望は残されておる。《暗黒魔道師連合》に加わっていた土地神や、それに望星教団、そのあたりはまだ、いまや竜王に制圧されつつあるキタイのまっただ中にあって、さいごの絶望的な抗争をもくろんでおるはずだ。ことに望星教団は頼りになる。——逆に黒魔道師どもは、けっこう竜王に吸収されてしまった勢力もあるし……つまるところ、黒魔道師である、ということは、おのれの利害のために動く、というやつらにおいしい餌を確保してやれば、まことに弱いのだよ。この点は、わしも、黒魔道師というものが、どれほど信頼がおけぬかを、この目でしっかりと見届ける結果になったようなものだよ」

「……」

「だから、こんどは、おのれの利害ではなく、魔道十二条と、そして聖なる正義とヤヌスの真理のために動く――んだろう？――白魔道師たちに共闘をもちかけておる――と、まあこういうわけだよ。わしもまあ、年だ。それはもう、なんというても、年だ。わしひとりで竜王にたちむかえるものならとっくにそうしてもおろうが、どうやらわしの力だけではくやしいが竜王はどうにもならぬ。そしてまた、そのわしに力となってくれるであろうと期待したケイロニアの豹頭王は、まったくわしには隙ひとつみせてはくれぬようだ。――だが刻々と侵略の手は中原にせまっている。いや、もう、それはすでに火をふいた。――なあ、ヴァレリウス君。もうお前さんにもわかっているだろうが、このこと――アルシス王家の王子の反乱は、すべてきわめて周到にしくまれた――こんにちの決起と虐殺にいたるようにと周到にしくまれた、キタイの竜王のワナでもあるのだよ。むろんいっぽうでは、ヤーンの必然でもあった、ともいえるがね。あの麗人が内包しておる暗黒に導かれて、いずれはこうなるであろうことはわかっていた、ともな」

「……………」

「かの麗人はまた、黒魔道とはあえていわぬが、きわめて暗黒な――その意味では、本当はかれが魔道をきわめて堪能だとしたら必ずや黒魔道の方向にすすんでいっただろうと思われる魂を持ったおかただ。それゆえに、確かにかれの申し条は正しい、かれは正義のため、パロを守るため、といくらかは本気で信じて戦おうとしておるにもかかわらず、かれのすることとは疑惑と暗黒と、そしてこの地上の地獄を招く。かれ自身の身にも招いたわけだし、そしてクリスタルにも——ひいてはパロにも招くだろう。それはなぜかわかるか、ヴァレリウス君」

「……………」

「かの麗人は、まことは、正義など、あの古代機械の謎をとき、世界生成の最奥の秘密を手にするためなら、どぶに投げ捨ててもかまわぬ、と考えているおかただからだよ。魅入られた男よ。だから、どうしても、かれはアルカンドロス大王に認められることはできぬだろう。——そうである以上、かれがいかに正当なるパロ聖王を名乗ろうと、それは僭称でしかない。ゴーラの僭王イシュトヴァーンと、何選ぶところのない、簒奪者、王位要求者、反乱者にすぎぬのだ」

「……………」

「どうした。怒っているのか。いとしい姫のことをわるくいわれて。だがそれはちゃんとわかっておかねばどうにもならぬことだぞ。——確かに、このさい、ものごとは思わぬ方向に展開をとげた——当初には、まことにただの絶望的な反逆のこころみ、追い詰められたトルクがかえってミャオにとびかかってゆくような、いのちしらずの反乱にしかなりようもなかったはずのものが、かえってキタイの竜王がキバをむき、そのおそるべき野望の一端をついにあきらかにしたばかりに、それは正義のたたかいに変貌をとげようとしている。だが、それにだまされてはならんぞ。それはべつだん正義のたたかいでもなんでもない。アルド・ナリスはやはり、つまるところ、おのれのタナトスにとらえられてもおるし、またおのれのおそるべき、人間がもつことは許されぬ野望にとらわれてもおる。かれの上にはヤヌスの正義はない——そのことだけは、知っておくがいい、ヴァレリウス。——でないと、おぬしもまた、中原が道をあやまるのに手をかしてしまうことになろうでな。ホホホホホ」

「……………」

「不服そうだの。不服で不服でどうにも納得はせんが、わしの言い分に道理のあることが、頭のまだ正気を残している、あの陰謀家に食い荒らされておらぬわずかな理性の部分ではわかってしまうので、無念だが言い返すことはできぬ、という顔だの。……まあよい。ともあれ、だから、ものごとというのは整理して考えてみなくてはならん。わしは、アルド・ナリスが古代機械の秘密をキタイの竜王に奪われてしまうだろうとは心配せんのだが、アルド・ナリスが、追い詰められ、敗れかけたときに、キタイの竜王に奪われるよりは、と考えて、古代機械を地の底に葬るよう術策をめぐらしてしまうのが心配だよ。あの麗人の頭脳はそのようにはたらくでな。……だからというて、わしが全面的にアルド・ナリス軍に味方して、いまパロをキタイにのっとられたレムスがたと、そして大魔道師グラチウスをうしろだてにつけたアルド・ナリス軍とにまっぷたつにわかれたいくさにまきこむわけにもゆくまい。戦乱とは——流血と悲鳴と死、混乱と混沌と絶望と狂気、それはなによりもたくさんのエネルギーを生みだし、何よりも多くの黒魔道を可能にするもの——キタイの竜王がねらっているものこそまた、まさにそれにほかならぬ。この地——これまで聖なる王家によって守られ続けてきた三千年王城の地パロに、みにくい内乱、戦乱の嵐をまきおこし、それによって多くの血を流し――その血といけにえの苦悶とを餌《えば》として、おのれのよこしまにして残虐なる黒魔道のかてとなそうという――そしてそれによって一気にきゃつはパロを暗黒王国となし、パロを第二のキタイとなさんというつもりだろう。――きゃつがキタイの王となって以来、広いキタイじゅうにおそるべき内乱、流血の嵐が吹き荒れた。そして、そのひとつひとつの流血が、キタイを呪われた魔の封土としてゆくための黒魔道の贄となったのだ。……それを思うと、むげにこのままアルド・ナリス軍をわしが後援してパロをまっぷたつに割れた戦乱のさなかに投込むというのもためらわれてならぬ」

（だいぶ、口清くいわれますがね、老師）

ひそかにヴァレリウスは白い目でグラチウスをみた。

（最初にずっとそうしむけてたのはあんただろうにな。……結局、ヤンダルの力のほうが強かったことがわかって、このままでは、あっちにすべてを持ってゆかれるとわかったから、急にそういうことを云いだしたというだけで、内心というかさいごの目的はあんたとヤンダルでは何ひとつかわっているわけでもないだろうに。――俺なら、豹頭王の判断のほうが正しいと思わざるをえないね）

「何を、陰険そうにわしをじろじろ見ながらにやにやしておる」

グラチウスがとがめた。

「大体、お前の考えそうなことなど、わかっておるがね。――だが、問題は、わしの本心がどうあるかなどということではない、いま現在のパロをどのようにして内乱と、そしてレムス国王を傀儡としたキタイの侵略のワナから救うかということだ、そうではないのか？　それともお前の本心はすでにもうかの黒髪の麗人に完全にのっとられ、パロの平和よりもドラマティックななりゆきと英雄的な死のほうを望むようになってしまったのか？」

「あのかたはそんなんじゃありませんよ」

ヴァレリウスは抗議した。

「確かにそういう時期もおありになったかもしれない。それは否定しない。だがいまのあのかたはすべて、もう死の誘惑などこえ——御自分の死に場所を探されているんじゃない。いまは本当に心から、パロをキタイの侵略から守るために立とうとしておいでなんだ。それだけは私にはわかってますからね」

「まあ、それならば、それでよしとしようさ」

意味ありげにグラチウスは片目をすがめてみせるとつぶやいた。

「またまことにそうであるとしたらこれはまことに重畳のいたりといわねばならん。あの闇の王子はずっと幼いころから、おのれがいつ、どのようにして華々しく死んでゆくか、ということにだけ、すっかりとらわれているようにわしには思われたのだがね。そうでないとすれば、それはますます、パロの平和のために、重畳、重畳」

4

みつけた。

「……」

からかっているのか、といきどおるように、ヴァレリウスは目を細めてグラチウスをにらみつけた。

その目をさりげなくはずして、グラチウスはなにごともないかのような口振りで云った。

「ヴァレリウス。もしも、ゴーラにキタイの手がのびておったら、おぬし、どうする?」

「ええッ」

ヴァレリウスはポーカー・フェイスを装おうとしていたが、思わず、声をあげてしまった。

そしてそのことにひそかに自分に腹をたてた。

グラチウスは満足そうだった。

「そうだよ。まだ、確信はできぬ……ああしてたけだけしくのびてこようとする動き、ましてそれが多くの流血をともなうとあっては、これまた魔道師にとっては何よりもの力の温床、当然さまざまな野望や暗黒な動きがそこに集中してゆく。——わしも多少のチョッカイは出したのは認めるよ。だが……どうも、わしには解せぬことがひとつある。わしにしてみれば、あの血に飢えた若者がゴーラの王となり、そしてパロがアルド・ナリスのものとなって、それによってキタイが中原から撤退し、そして豹頭王グインひきいるケイロニアとのあいだに永遠にひとしいほどの長さにわたってつづく三国戦争が勃発する——というのは、それなりに望ましいことであったのさ。さいぜんもいうたとおり、死と悲鳴と流血、苦悶と怒りと憎悪のエネルギーは黒魔道師にとっては最大のパワーの舞台となるからな。そうやってかりたてられ、怒りと憎悪をたぎらせる民衆のエネルギーというものは、もっともかんたんに黒魔道師の贄となる——むろん、かつてのユラニアのように、沈滞と停滞と無気力、そして頽廃と貪欲も何よりもの餌になるのだがな。だが、それゆえわしはそれとなく、ところどころでイシュトヴァーンを援助して、あの少年が首尾よくあの血ぬられた野望を手にするよう、しむける楽しみを持っておったのだが——正直にいおう。わしではない力が働いておるのだよ！」

「え……」

　思わずまた、ヴァレリウスは身をのりだした。だが、今回は、そのことを自分でも気づかなかった。

「老師ではない——力、というと？　黒魔道で？」

「むろんさ。またこれは、キタイでもない……いや、これは確信をもてぬ。キタイかもしれぬ。そうでないかもしれぬ。だが、キタイである可能性のほうが強い。だが、イシュトヴァーンのゴーラと、アルド・ナリスのパロを実現させてやろうとたくらんでいたのはこのわしだよ。そして、当然、キタイの竜王はそれに対して、アルド・ナリスを破滅においこみ、パロをレムス王のもと、暗黒王国としておのれの支配下におき、そしてパロによる侵略で中原をおのれのものにしてゆこうともくろんでおる——そうわしは考えていた。だからこそ、それへの対抗勢力としてそれとなくゴーラとイシュトヴァーンとをバックアップしていた。——だが、驚いたことだ！——先日、イシュトヴァーンをモンゴールの虐殺者にしたてた魔道師は……これは、わしではないんだよ！」

「え」

ヴァレリウスは疑わしそうにグラチウスをみた。

「だが、パロの魔道師ギルドの尖兵の偵察報告では……」

「さよう、魔道が動いた。そしてイシュトヴァーンを否応なくモンゴールを滅ぼした反逆者にしたてるよう、ものごとを動かした。……そもそも、サイデン宰相のもとに訪れ、あれこれとそそのかしてイシュトヴァーンがモンゴールで窮地に追込まれるように動いた魔道師がいる。それによって、カメロン将軍がサイデン宰相を切り殺し、イシュトヴァーンのゴーラがモンゴールを制圧することになった。わしは確かに、ちょっとした魔道を使って、ユラニアの国民がイシュトヴァーンをゴーラ王として認めるよう、ささやかな手妻を仕組んでやったさ。そうやって、イシュトヴァーンが早くゴーラの王となり、そしてアルド・ナリスのパロと手を組んで、キタイに対するわしの手駒となってくれるようにとな。——あいにくと、あれでなかなかあの少年は用心ぶかく、なかなかにわしの求める言質は与えてくれなんだが

――だがまあそれはどうでもよい。だから、イシュトヴァーンをゴーラの僭王にしたてたに関しては確かに〈闇の司祭〉グラチウスの力がかなり働いておったよ。だがな、先日のあの金蠍宮の惨劇については……わしはまったくあずかり知らぬところなのだよ！」

「…………」

ヴァレリウスはじっとしばらく考えた。それから、ゆっくりといった。

「それは、本当でしょうな、老師。あなたの神聖なるドールにかけて」

「こんなところでドールなんぞをひきあいに出さんでくれ」

グラチウスは唸った。

「だが、わしがユラニアをあやつり、またゴーラ国民をあやつったような……これだけの大規模な魔道の術を、わし同様やすやすとあやつる大魔道師――それが、そんなに、この世に大勢はいるわけはない、ということは、おぬしとて魔道師のはしくれならようわかっておるだろう。カロン大導師の弟子のヴァレリウスよ。……まあせいぜい、パロ魔道師ギルドのできるのは、ナリス陛下のかよわい演説をアルカンドロス広場に拡大して中継するていどのことでしかない。……だが、あのとき――サイデンのもとに訪れてあれやこれや、ふきこむのはまあべつだん、さほどの魔力を必要とはしなかっただろうな。だが、きゃつは――なにものだか知らんがそのけしからぬ魔道師は、《魂おろしの術》を使って、死せるアリストートスの幽霊をよびいだし――それによって、カメロン将軍を逆上させたのだよ。……そして、あの惨劇を首尾よくひきおこさせた。あの少年は短気者だが、なにせカメロンという知恵者がついておるから、カメロンはなんとか、モンゴールとイシュトヴァーンがゴーラ王となることの折り合いをつけさせ、うまくモンゴール大公とゴーラ王とを平和裡に結託させようと運ぼうとしていたやさきの出来事だったのだよ。──そしてイシュトヴァーンはもはや、永久に血塗られたゴーラ王となるだろう。彼の玉座は血にまみれたものになった。こうなった以上、あの若者はもうひきかえせない。ひたすら、むかってくる敵とたたかいながら孤独と狂気と残虐にむかって突き進んでゆくしかない。……カメロンもショックだろうが、わしもけっこうショックじゃったよ。いったい誰が、アリストートスの幽霊をドールの黄泉からよびだす、などという余計なことをしたのかとな」

「そんなことがあったのか……」

思わず興味をそそられてヴァレリウスはいった。

「アリストートスの幽霊……」

「さよう。サイデンに乗り移ったアリストートスの亡霊が、あることないこと、べらべらとイシュトヴァーンの旧悪と醜聞を暴露しはじめたので、ついにカメロンがたまりかねてアリストートスを切った──が、当然、切ったのはサイデンの生身だった、という寸法さ。これで、カメロンもまた手を汚してしまった。やれやれ、なかなか、手のこんだことをするものだよ。……まあ、確かにちょっと力があって、黒魔道の徒として禁忌をおかすのをためらわぬ魔道師ならば、ドールの黄泉から死者を目覚めさせて呼出し、おのれの道具として使うことなど、できなくはないだろうさ。だから、わしがいうておるのは、そのしたことの技倆がとてつもないからではないよ。そうではなく、わしがぎょっとしておるのは……そこでアリストートスの亡霊の魂魄を呼出してイシュトヴァーンを追い詰め、カメロンをも血まみれの殺人者として、かれら二人をどうあってもおのが身を守るためにモンゴールの圧殺者たらざるを得なくさせる——という、この魔道の目的のほうだよ。むろん、これはまったく目的があって仕組まれたことだ。でなくば、なぜにイシュトヴァーンでさえ忘れ去っていたはるか昔の罪があばかれ、そして確かに妄執は残してはいただろうがアリストートスの亡霊がいま、イシュトヴァーンを襲ってくるか、ということだよ。……そして、それはわしがイシュトヴァーンをゴーラの僭王にしたて、カメロンがなんとかして、そのことを無事にモンゴールとのあいだでおさめようと苦心惨憺していた真っ最中におこった。——それによって、イシュトヴァーンは……さよう、それによって、イシュトヴァーンは、いまの状況ではもう、アルド・ナリス軍のために援軍を出すどころではなくなったよ。イシュトヴァーンとカメロンはこれからさき、重大な危機にさらされなくてはならぬ。まずは、ゴーラが——もとユラニアのゴーラがモンゴールをあのようなかたちで制圧したイシュトヴァーンをどう受入れるか——

——そしてもうひとつ、クムだ」

「ああ……」

「アムネリスは当然、いずれなんとかして残されたさいごの旧ゴーラ大公国となったクムに助けを求めるだろう。いまのアムネリスはすでに、イシュトヴァーンへの憎悪と憤怒にこりかたまっている。なんとかして、クムに助けをもとめ、モンゴールをもういちど復活させ、そしてイシュトヴァーンのゴーラを叩きつぶす——それが、ようやく立ち直ると同時にこの呪われた結婚のいたでをなんとかしてなかったことにしようとするアムネリスのする最初のことだろう。……クムがたてば、まさにゴーラは大戦乱のまっただなかだ。……ひとの内乱どころではなくなるよ」

「……」

ヴァレリウスは黙ってくちびるをいたいほどかみしめた。

「な？　だから、わしのいいたいことがようやくわかっただろう。——これは、おぬしたち、クリスタルの反逆大公とそして反逆せる魔道師宰相にまっこうからかかわってくることなのだよ。おぬしらは、当然、イシュトヴァーンのゴーラのうしろだて、援軍をあてにして兵をおこした。だがそのゴーラが期待できぬとなると……おぬしたちはパロ国内だけの兵をつって戦うかぎり、何をどれほど大公が奇策をめぐらそうと、どれほど頑張ろうと、相手はキタイの魔道竜王、かよわいおぬしらにあらがえるものではない。また、こうなってみると——こうなってみると、わしももう、いったいイシュトヴァーンにかかわってわしのもくろみをこうまっこうから邪魔だてしているのは何者なのか、ということを確かめぬうちはどうにも動くに動けぬ。……つまり、ここにいたって、わしとおぬしら反乱軍の利害関係はぴったりと一致した、ということさ」

「それは、どうかはわかりませんがね。ご老体」

ヴァレリウスはなおも慎重にいった。

「ともあれお話は拝聴しておりますよ。どうぞ、続けて下さい」

「さすが上級魔道師、なかなか尻尾を出さぬね」

グラチウスは口のなかでつぶやいた。それから、ゆっくりと向き直り、ヴァレリウスをのぞきこむようにした。はかり知れぬほど年ふりたおちくぼんだ双眸が、あやしい暗黒の叡智とでもいうべき色あいをたたえてきらめいた。

「ヴァレリウス。わしはおそれておるのだよ。――もしやして、かの……わしのおそれるたったひとりの大魔道師……空前の大魔道師となりおおせたわしの前に残されたさいごのライバル――それが万一にも……キタイと手を組んだら、と……」

「………」

ヴァレリウスはゆっくりと深く息を吸い込みながら、低くルーンの聖句をとなえた。

「何をいっておられますか。ご老体」

「お前はわしから見ればきのう今日生まれた赤子も同然の若僧とさえ言えぬ魔道師だよ」

グラチウスは云った。

「わしはこれでもう八百年も生きてきた。……だが、そのあいだに、また八百年生きているということで、わしのほうも何回もおどろくべき――通常では決してなしえない体験をしたよ。それによってわしは確かにある意味非常に謙虚になった。どんなおどろくべきこともこの世にはおこりうるという、そういう確信をもつことになった。……そう、そして……だからわしは思う。確かに、わしが八百年生きているということは、もっと広い世界には二千年の寿命をまことに生きているものもいるかもしれぬ。わしが、わしにとってのお前ほどに幼くまったく何も知らぬ赤子同然に見えるような者がたしかに、どこかに存在している可能性だってないとはいえぬ……いや、存在していることは知っている。だがこれまでは——もう、それは世捨て人だと思っていた。何も、もう現世のできごとには干渉してこぬ、となら。なぜならその者の生まれた国もふるさともみな、あまりにも遠い昔に塵にかえっていってしまったのだから。……だが……もしかして、まさか……」

「まさか」

ヴァレリウスはゆっくりと印を結びながらいった。

「まさか、そんなことはないでしょう……」

「先日、《北の賢者》ロカンドラスは入寂したよ」

しずかに、グラチウスはいった。

「それによって、おぬしたちがそう称揚してくれておる、《世界三大魔道師》は、一人が現存しなくなった。……まあ、そういうもののあれだけの魔力をもつ魔道師であってみれば、当然、生死の境もまたとうに超越している。これからもロカンドラスの霊魂はその気になれば地上の事象のまえにあらわれることも可能だろう。だが、ロカンドラス自身がすでにもう世捨て人だった。……そして、心残りのすべてをおそらく、それぞれにさまざまに託しおえて、そして自ら寿命として入寂した、ということだな。それによって……《世界三大魔道師》は一人減った。いまのところ、ロカンドラスにかわってそこに加えられても苦しくないような者はわしの知るかぎりではない。わしら三人と、それ以外の魔道師どもとのあいだの力のへだたりはあまりにも大きい。――《ドールに追われる男》イェライシャ？　まだまだだ。わしからいえばはなたれにすぎぬ。《世捨て人》ルカ？　あんなものはただの、まじない小路の一占い師程度のものだ。《黒き魔女タミヤ》？　ただのランダーギアのいかさま女だ。だが、通常ではそのあたりが、わしらを追う大魔道師の候補とされておるのだろう。あと誰がいる……お前は、あげることができるか。ヴァレリウス」

「我々、ギルドに所属する白魔道師は、そのようにして個人のわざを突出させることをもともと禁じられておりますから」

ヴァレリウスはしずかにいった。

「むろんカロン大導師にしてさえ、ギルドというひとつの組織のなかのひとつの駒にすぎません。ですから、魔道師ギルドに属しているかぎり、その魔道師がそうして《三大魔道師》というような名をほしいままにすることは決してありません。――また、魔道十二条の整備者シルキニウス大導師により、魔道師ギルドが最終的にいまのようなかたちにかたまって以来、《三大魔道師》のようなかたたちが存在し得た時代はおわり、そのかわりに、それほど突出してはいない多くの魔道師たちがそれぞれの力を融合させてより巨大な術を可能にする、集団魔道の時代になった、というのが、われわれギルドの立場です。そのことは、ご老体もご存じでしょう。そしていまでは、魔道師ギルドはより重大な新しい体系として、科学ギルドとの提携の方法を模索していたところです。……このあと、あなたがたのようなかたちの古い——とあえていいますが、古い個人わざの魔道師が突出して名をあげることはもう、これからの時代にはたぶんない、そう私は思っていました……そして、いずれ《北の賢者》が入寂するだろう、ということは、われわれには《気》の流れを観相することによりむろんわかっていましたし、それに……」

「だが、その観相はキタイに竜王あり、それがいずれ中原に侵攻するであろう、ということさえも読み取れなかった程度のものだよ」

グラチウスが嘲笑った。

「どうした、反逆宰相ヴァレリウス——恐れているのか。その名を口にするのを恐れているのか。なら、わしがいうてやろうとも。わしにはべつだん、そんな名は口にするのがはばかられもどうもせぬからな。……そう、わしがいうてやろう。それは——わしが恐れているのは——イシュトヴァーンのもとにアリストートスの亡霊をよびおろし、イシュトヴァーンを血ぬられたゴーラ王となし、モンゴールをほふるという仕掛けをした当人ではないかとわしが疑っているのは……」

「《大導師》アグリッパ」

ヴァレリウスは低く云った。が、その瞬間、グラチウスの結界全体をかすかにゆるがす奇妙な気配に戦慄した。グラチウスはだが、そのようなものを気にとめるようすもなかった。

「思うていたよりは、勇気があったか。それともただの怖いもの知らずか」

あざけるようにグラチウスはいった。

「そうだ。《大導師》アグリッパ。──彼はわしが生まれ、魔道のまの字も知らぬ赤子であったころにすでに、いまのわしの倍以上も年老いていたという──伝説のなかの伝説だ。むろん、わしは、会ったことはないわけではないよ。だが……親交を結んでいるとはいかなわしにも強弁はできぬていどの間柄だ。というよりも、もう長い長い、あまりにも長い長いあいだ、アグリッパはずっと、この地上ではない、宇宙のどこかにもうけたおのれの次元、おのれの結界のなかにたてこもり、そこでの観相をもっぱらにして、いっさい地上には干渉することをやめていた。あまりにもその魔力が強大になったがゆえに、地上にとどまることを得なくなったのだ、という魔道師仲間での伝説があった。それはお前も知っているだろう。ヴァレリウス」

「知っております」

ヴァレリウスはゆっくりとうなづいた。

「そしてまた、すでに彼は人間ではないものになりおおせたのではないか──三千歳という、いまだかつて誰ひとり彼以外経験したことのないとてつもない年齢となって、もしや、ただのエネルギーのみのかたまりになり──彼の肉体のほうは彼の精神ほどは頑丈ではなく、いかに鍛えてもあまりに長すぎる、この非人間的なまでの歳月のながれにたえることができずに塵となって雲散霧消してしまい──そのあと、彼の精神だけが残って……いまだに生きているのではないか、と……そのほかにもじつにさまざまな伝説があったものです。その伝説だけの研究者も大勢いたくらいに……まあ、それはあなたもそんなようなものですがね、ご老体」

「だが、わしはこうして現存しておるし、楽しく生きておるし、たまには地上に楽しくうかれさわぎをやらかすために降りてゆきさえするよ」

〈闇の司祭〉は答えた。

「わしがさいごにアグリッパに会ったのはいったいいつだっただろう。——そのかぎりではもう、わしにもちょっと信じられん。そうして、すでに羽化登仙しおおせてしまった《大導師》アグリッパが現実にまだこの地上にあらわれて、しかも地上の情勢に関心をもったり——ましてやたかが一モンゴールの内紛にかかわってくるなど。それは、彼にしてみれば、黄泉からアリストートスの亡霊を連れてくるなど朝飯前にも程があるだろうが、問題は動機だ。いったい、なぜアグリッパが——だが、それをいうなら、まあそのていどの魔道は使うだろう、と思われる、それこそイェライシャだのルカだのにはなおのこと、そんなことをする動機がない……といって、魔道の世界は《気》の動く世界、誰にも魔道師のあいだで知られずにおそろしい大魔道師がかくれひそんでいる、などという可能性はてんからありえない。知られていないとしたら、それは知られるだけの影響を世界に及ぼしていないというだけのことでしかない」

「それは、そうですが……」

「もしも《大導師》アグリッパが、キタイの竜王ヤンダル・ゾッグに口説き落とされ——あるいはわれわれにはわからぬ何かきわめて高い次元の理由によって、この地上の紛争にわりこんできたのだとしたら……」

グラチウスはちょっと肩をすぼめた。だがこんどはそのしわに埋もれたような眼には、笑いの翳さえもなかった。

「これは、わしにとってももはや冗談ごとではすまされんぞ。――なあ、ヴァレリウス。もう、このようにわしの手の内をあかしたからには、わしがどれほど恐怖を感じ、また追い詰められた心持であるかもわかってくれるだろう。――わしは、アグリッパに会いたい。会って、アグリッパがまことにあのアリストートスを黄泉からよびさました当人なのか、だとしたらなぜそんなことをしたのか、それを確かめたい。そしてもし――わしの知らぬとてつもない理由でアグリッパがキタイの竜王と手を組んだ、というのではないのだったら――わしこそが、アグリッパと手を組みたい――できるものなら、入寂したロカンドラスとも手を組みたい。いまだかつておこなわれたことのない――世界三大魔道師の大同団結だ。そして、それに、わしのひきいる《暗黒魔道師連合》と、そして中原の白魔道師連盟すべてにも加わってほしい。そして望星教団にも、そしてまた、もっと巨大な――人間ならぬ魔界の支配者たちにも。……なぜなら魔界といえども、異世界からの侵略に対しては、この世界に属している仲間であるに違いはないのだからな。そしてわしの見るかぎりではヤンダル・ゾッグ自身ではないまでも、ヤンダル・ゾッグのうしろにひろがっているものこそはもっとも異質な――われわれがついぞ知らずにきた、まったく異なる世界からの侵略者だ。わし自身の野望はとりあえず棚にでもあげておいて、なんとか、アグリッパがまことにキタイについたのでないことを確かめ――そして、アグリッパを説得して我々とともに戦ってくれるよう、あるいはせめて我々のたたかいを援護するか、擁護してくれるよう……わしは、そう頼みたいのだよ。でないと、中原はほろびてしまう――そうだ。このままゆけば、たとえどれほどわしがあがこうと、お前とアルド・ナリスが健気に奮闘しようと、中原はほろびる。最初にパロが暗黒の魔手におち、そしてそのパロが尖兵となって中原すべてが巨大な暗黒魔道帝国の版図と化してゆくだろう。そして、それは、いまキタイでヤンダル・ゾッグがやっているように、世界をつくりかえ、かの竜頭の種族のふるさとにかえてゆくという、恐しい目的をもった帝国となるだろう。――そして、この惑星《ほし》はまったくいまとはすがたもかたちもかえた、まったく見たこともないような異次元、異世界の惑星となりはて――そしてこれまでの何千年にわたって築かれてきたわれわれの文化も歴史もすべては消滅するだろう」

「……………」

「それもまたひとつのあるべき変化のすがたであるのだったら、わしはどのような変遷も変貌もいといはせぬ。だがそれは、どのような歴史の結実でもなければ、その必然でもない。そうではなく、よこしまなる異世界からの侵略者によってもたらされる変化であり、力づくの変貌であり――強引な転換だ。それは必ず、この世界全体に恐しい影響を及ぼすだろう。……そして我々はすべて消滅する……そう、いま我々の知っているこの世界はすべてもうあとかたもなく消え去り、ほろび去るのだよ。お前とお前の想い姫とは、それを阻止するために立ち上がったのだろう？　少なくとも建て前はそうだ……だとしたら、ヴァレリウス、もう、アグリッパという壁をのりこえずには、すまされないところまで我々はきてしまったのだよ！」

第三話　魔都クリスタル

1

しばらく——重苦しい沈黙がたちこめた。

それから、ヴァレリウスは、ようよう口をひらいて、なおもかすかに抵抗しようとこころみるかのように云った。

「まだ——まだ、わからないじゃあありませんか……その……そのイシュトヴァーンの事件をもたらすよう画策した魔道師が、かの《大導師》かどうか、なんていうことは……どうして、それが当のヤンダルではないと断言できるのです？」

「そのようなことは、お前とても信じてもおらんであろうにな」

グラチウスはそっけなくいった。

「お前も、この話をきいた瞬間に、そうだと思った。それが唯一のありうべき解答だと感じたはずだ。その波動はわしにもちゃんと伝わってきたよ。そのへんでは、お前もなかなか凡骨ではないということかな。そのていどには認めてやってもよいぞ、白魔道師」

「有難き幸せ」

ヴァレリウスはふくれっ面でいった。

「だが、だとしたら、どうなさるおつもりなんです、尊師。またそれなら、《大導師》が何を考えているのか、何をもくろんで久々に――それこそ何千年ぶりに地上に出張ってきたのか、それについてはぜひともその真意のあるところをただしたいところだ。尊師からは、《大導師》に連絡をとることは不可能なのでしょうか？」

「出来ればもうとうにしておるわい」

グラチウスもふくれ面で云った。

「それができればお前ら白魔道師などに声をかけるもんかい。アグリッパは、あれは一応黒魔道師ではない。黒も白も成立する以前の大魔道師じゃから、まあ白魔道師だとも云わんが、しかし黒魔道のことはかねがね非常に魔道の邪道をゆくものとしてさげすんでおるということは知っている。これまではまあ、わしと直接利害が激突するということもなかったし――まああちらがもう、浮世をあとにしておったし、わしとても、阿呆ではない、どころかわしほど賢い人間はほかに一人もおらぬからには、当たってはいけないところにはぶつからぬよう巧妙によけておったからな。それゆえわしとアグリッパとの軌跡というのはもう、何百年にもわたってまったく交差したことさえなかった。というか、わしも――ありていにいって、そんなものは名のみの存在と忘れてしまっていたのが正直のところだよ。もう、その当人が歴史に浮上してきてかかわってくることなど決してないのだと安易に考えてしまっていた。

だが、そうではなかったとすると――」

「ヤンダル・ゾッグと大導師が手を組んでいるという可能性は？」

「わしが知りたいのは、そこだよ、ヴァレリウス」

グラチウスはひと膝のりだした。

「何があろうとどうしても知らなくてはならんのは、まさにそこなんだよ。だが、わしはアグリッパに近づけん。キタイからは追い出されたし、いまはヤンダル・ゾッグにも近づけん。いま近づけばただちに全面魔道戦争になるだろうし、そうすれば、グインというエネルギー源をもたぬままのいまのわしでは、くやしいがヤンダル・ゾッグにはかなうまい。いや、これはだな、わしが弱っちいと万一にも誤解されては困るからいっておくが、わしの力がヤンダル・ゾッグに決して及ばぬなどといっておるわけではないぞ」

「………」

「まあ、その……エネルギーの総量ではかなりあちらが勝っておるのは認めざるを得ないが――だが、わしとても〈闇の司祭〉と呼ばれた男、それなりのあの手この手はこころえておる。だが――なんというか、きゃつはつねに、そこに非常につよい結界をつくり、そしてそれをささえる体勢を作りだしてしまう。キタイもそうだし、いまやパロもそうなりつつある。だからこそ、急がねばならん。クリスタル・パレスの聖王宮を第二のシーアンにしたくはなかろう。そうなってしまったらおしまいだ――あのなかですでにどんなことが行なわれつつあるのか誰にもわからん。だがすでにお前は多少見ただろう。あのなかでもすでにゾンビー化されて竜王のまったくの人形にすぎぬ存在に化したものがあらわれはじめている――そうだろう」

「う……」

思わず、リーナスをとっさに思い浮かべて、ヴァレリウスは全身を激しくふるわせた。おさえきれぬ激怒と激情がつきあげてきた。

「そう……のようでした。私がとじこめられていた塔でも、出くわした兵士はすでにただのゾンビーだった」

その動揺をかくすようにヴァレリウスは言い逃れた。だがグラチウスは容赦しなかった。

「兵士などもう、何人そうなっておるかわからん。だが、それより恐しいのはリーナス副宰相がすでにそうなっているということだよ。それにもしかしたらオヴィディウスも――あやつの死体はどうした」

「なんでもお見通しってわけだ」

ヴァレリウスは苦笑した。

「オヴィディウス侯の死体はランズベール城の地下に運び込みましたが――まだ処分するだけのゆとりはなかったのじゃないかと思いますね」

「ただちに魔道の火によって焼きつくし、あとかたもなくすることだ」

グラチウスの声は厳しかった。

「でないと……それがレムス方の手にわたったあとは、お前たちはゾンビーの――殺しても死なぬ武将たちを相手にすることになりかねんぞ。……これは、わしも多少たしなむ術じゃでようわかるよ。わしもかつてその術を使ってケイロニア軍をさんざんいためつけて面白かったことがあるが、それだけに、それを相手にやられるとどんなに閉口なものかというのはようわかる。——あれは、人数よりもいっそう、生きた人間たちの意気をとことん沮喪させる効果があるでな。ましてパロの人間たちはケイロニアのやつらよりかなり精神的に弱い。ゾンビーの軍隊が街を闊歩するようになったら、それだけでたぶんクリスタルは——おしまいだろう」

「……………」

「それと竜頭の残虐な戦士たちとだな。それに対してかよわいクリスタル大公を守りながらいまのあの連中で無事に本能的な恐怖をのりこえて戦いを続けられるかどうか——頼みになるのはおそらく勇猛なカレニア兵だけだろうよ。だがカレニア軍は残念ながらとても少ない。——まあ唯一の希望は、レムス王とてもそうそう早く、さまざまなその体制がととのわぬうちにクリスタル全市におのれの正体をあらわにしてしまうことはできまい。もしそうなってしまったら、それこそクリスタルを脱出したものが全パロの国民にうったえて、全パロは一丸となって反レムスの軍をおこすだろうからな。だが、もしクリスタル市全域に支配力を一瞬にふるえるような体制を竜王たちが作り上げてしまったとしたら、この都は《竜の門》とそしてゾンビーの兵士たちの手におちるだろう。恐しい光景がくりひろげられることになるぞ」

グラチウスはぞっとしたように首をすくめてみせた。だが、グラチウスにいわれるまでもなかった。ヴァレリウスの目にも、その恐しい――世にもおそろしいありうべからざる光景はまざまざと浮び上がっていたのだ。

(パロが――俺の愛するパロが、クリスタルが――怪物たちにふみにじられる――悪夢の時代がはじまる……竜の頭をもつ、血も涙もないおそるべき残虐勇猛な異星の戦士たちと、そしてそれにあやつられるぶきみな生きても死んでもいない屍の兵士たち――地獄だ。そのひづめにふみにじられて恐しい恐怖と絶望のうちに死んでゆく罪もないパロの民たち――そしてその死さえ、やすらかなさいごの救いではなく、ゾンビーとして敵にあやつられて同胞を刃にかけてゆくおそろしい罠でしかないのだ……)

(おお――ヤーンよ……守り給え。そんなことが……俺の愛する国に……俺のただひとつの祖国、なにものよりも強い忠誠をささげた祖国におこるはずがない……そんな悪夢が現前するはずはない……)

(だが、それはまさにおころうとしているのだ……俺はそれをこの目で見てしまった。俺ほどいまやそれについて、その恐怖についてよく知っている人間はない――俺が手にかけたはずのリーナスがよみがえり、そして……)

あの、どろりとにごったうつろな死んだ目――

そしてその冷たい手がふるいつづけた鞭のいたみもまだからだに残っているのだ。

それを思い出しただけでヴァレリウスのからだはガタガタとふるえはじめてどうしてもと

まらなくなりそうだった。

（くそ……なんということだ……なんでこんなことになってしまったのだ……キタイの竜王――なんでこんな恐しい運命がパロをおそったのだ……）

（俺の平和な美しい国――みやびやかな美女、中原の宝石パロに……なんという運命が……）

「さあ、だが、運命を嘆き悲しんでいるひまなどないぞ、白魔道師」

冷やかなグラチウスの声が、ヴァレリウスをはっと我にかえらせた。

「いま、そのこころみを阻止してクリスタルをとりかえさぬかぎり、次々とおそるべき災いは中原にふりかかってこよう。だからこそだ――わしとても、人間の住むところであってこそ中原が欲しい。怪物の抜扈する異世界となった中原など、またわしの望むものでもない。だからこそ、手を組もうというているのだ、ヴァレリウス。いまのお前なら、わしのいっていることがまんざらでたらめでもなければワナでもないとわかることはできるだろう」

「それは、そうですが、しかし――」

ヴァレリウスは考えこんだ。それから慎重にいった。

「老師のおっしゃることにも一理あるのは認めますよ。だが私は私の一存で動くことはできない。できるのはただちに魔道師の塔にたちかえり、魔道師ギルドにはかること。これはただちにするとお約束しましょう。それに――」

「そんなヒマはない」

グラチウスのからだがぐいと大きく黒くふくれあがったような気がした。ヴァレリウスはひそかにルーンを唱えた。

「それは、わしが別の方面からアプローチしてもいい。お前には、頼みがある、ヴァレリウス」

「な、何です」

「アグリッパに会ってきてくれ」

「な、何ですって」

「わしは、きゃつに会えん。それはもういっただろう。きゃつは黒魔道師を侮蔑しているし、わしのことも——そのう、わしのことは、かねてからおろかしいはねあがり者の若僧として歯牙にもかけていないということはわしはあるところからきいたことがある。……まああちらからみたらそんなところだろうさ。わしはまだ若いからな」

「ぶっ。三千年と八百年を比べたら確かにそうなんでしょうねえ」

「そうだともさ。まあ、それに……わしはいまここを動くに動けん。だから、お前に頼みたいのだ。アグリッパを探し出し、その真意を問うてくれ。なんでイシュトヴァーンをゴーラの僭王につかせるのにひと役かったのか問いただしてくれ。そしてもしアグリッパがヤンダルと組んだというのなら——もうわれわれはおしまいだ」

「もし大導師が竜王と手を組んでいるのだったら、私は一瞬にしてその場で消滅させられてしまいますよ」

ヴァレリウスはあえぐようにいった。

「老師でさえ若僧扱いなんでしたら、私なんか、それこそ大虎の鼻のまわりをぶんぶんとぶハエ《ブンブン》みたいなものでしかありませんよ」

「だが、だから、捨身でいってくれてもいいじゃろ。何もタダでいのちをすてる危険を犯せとはいうとらん。ちゃんと見返りの約束は守ってやる」

「…………」

「お前の姫はわしが守ってちゃんとクリスタルを脱出させてやろうじゃないか」

「なん――ですと」

「いまいうたとおりだよ。わしがわしの魔道の力のすべてをふるって、クリスタル大公――いや、あらためパロの聖王アルド・ナリス陛下を守り、クリスタルを無事脱出させて、カレニアの奥地へ送り届けてやろうではないか。そのついでに、カラヴィア公とのコンタクトもとらせてやるよ。カレニアに無事おさまり、さらにカラヴィア公、それにスカール軍と合流できたら、アルド・ナリスはただの内乱には終わらず、正義のたたかいを世界じゅうにアピールするだけ生きのびることができる。いまのままでは――ランズベール城にいるのなどとんだ狂気のサタだ。あそこはまがりなりにもクリスタル・パレスの一角、ということは竜王の結界に直接接している場所だぞ。あんなところに謀反の首魁がいたら、それこそ――常人ならばまだしも、あいてはヤンダル・ゾッグだぞ。ヤンダル・ゾッグにとっては、それこそアルド・ナリスを手どりにして、いつなりとツメをのばせるようそこにいけてあるのとまったく同じことだぞ」

「それは……私も——ですから、ナリスさまには一刻も早くカレニアかカラヴィアへとおすすめしていたのですが……」

「もう、手おくれなくらいだぞ。だがそれもいまならわしがなんとか手をかしてやればすむだろう——そのさいにかなりすごいぶつかりあいにはなるだろうがな。竜王が、というかレムス王がナリスのカリナエ脱出とランズベール籠城を見逃したのは、むしろカリナエよりも、もっとパレスに近いランズベール城にひきうつってくるほうが、きゃつの近くにきて都合がいいと考えたからにきまっている。早く、ナリスを脱出させるのだ。そしてせめてカレニアに、できればカラヴィアに仮の王宮を作って即位宣言をしたらいい。そうして中原全体に訴えればお前たちは謀反の——反乱の大公と宰相ではなく、中原を竜王の恐怖から救おうとする正義の尖兵になるぞ」

「それは……まさに……」

ヴァレリウスは激しい動揺を押しかくしかねた。その手はかたく、黒い魔道師のマントの上でにぎりしめられていた。

「それはまさにそのとおりです……それに、ナリスさまをランズベール城においておくのがこころもとないのも……だが、そのために黒魔道の力をかりるということが私にはどうしても……それは白魔道師にとっては最大の禁忌をおかすことにほかならないし——」

「つまりお前はこういいたいのだな。毒をもって毒を制するのは、あまりにも危険だ——毒は、どちらにしても毒ではないか、となｰ」


ヴァレリウスは火を吐くようなまなざしでグラチウスをにらみすえた。

「そのとおりです」

「老師のおっしゃることをかならずしも信用していないわけではありません。ことに、いまの場合は——それがもし無事ヤンダルを撃退できる、という結果につながったとしても、ではそのあとどうなるかというところまでわれわれ魔道師ギルドは考えないわけにはゆかない。一匹の蛟竜を首尾よく追うために、一匹の老虎をパロに導き入れてしまうという愚はおかしたくない。もし、老師のお力によってナリスさまをパロ聖王に即位させたとしても、はたしてアルカンドロス大王の霊位はそれを御承認なさるものかどうか……」

「あの《承認の儀》だって、本当のアルカンドロス大王かどうかなど、誰にもわかるものか」


グラチウスは不敵な笑いをうかべて冒瀆の言辞を吐いた。

「でなくば、どうしてあのレムスの戴冠を認めたかということだよ。あのときにはすでにレムスにはカル＝モルはとりついていた。そのようなもの、大王の霊にばけて、みごとレムスは大王の霊に承認された、と立合いの魔道師ギルドや国民をたぶらかすことなど、ヤンダル・ゾッグにせよたやすいことであっただろうさ」

「もう、そうなるとその場にいた魔道師たちの問題にもなってくるし、それは私にはなんとも言えませんよ」

ヴァレリウスは一歩もひかぬ気迫でグラチウスをにらみかえした。

「だが、ですから、私は何も申上げられない。私をここから出して魔道師ギルドとの連絡をとらせて下さるのなら、私は全力をあげて、まずギルドに現在の状況をのみこませ、そしてグラチウス老師の申し出について正確につたえ、その上でカロン大導師以下の指導者たちの判断をあおぐために、使者の役割をつとめましょう。それは魔道師の誓をたててでも全力でいたします。また大導師アグリッパについても私も非常に関心があります。それについてもギルドと折衝して老師とのあいだにたってもよろしい。だが、いまここで即答を期待なさらないで下さい。私はそのような権限も力も持っていません」

「知っているとも。だが、お前はいまきわめて特殊な位置にいる――アルド・ナリスが唯一、そのことばを信用する人間、という立場にだな」

そのことばをきいて、ヴァレリウスはきっとにらみつけるか、それとも何か叩きつけるかと迷うように見えたが、そのかわりにかすかに笑いだした。

「唯一、私のことばを信用する？　とんでもない。ナリスさまは私のことばなど、まったくお耳には入れられますまい。むしろ私のすすめたことの反対になさるよう、天邪鬼をばかりしておられるように私には思われますよ」

「愚痴るな。それもまた、あの我儘者としてはきわめて異例なほどにひとに動かされている証拠だと本当は満足しているくせに」

「そんなことはありませんよ」

「えい、時間がないのだというておるのに」

グラチウスは苛立ったようにみえた。

「ヤンダルにとっては時間はいくらでもあるだろうさ。ないのはわしらのほうだよ。お前は本当にこのままでいいというのか。いずれそれほど時もかからずに、ヤンダルはおのれのいまわしい準備をすっかりととのえ、そしてまるでランズベール城のすべての警護も軍隊もまったくなかったことのように、ランズベール塔の奥深くにひょいと侵入し、そしてお前のアル・ジェニウスをかっさらってキタイへ連れ去ってしまうぞ。そうしたらお前は二度とあの小生意気な綺麗な顔を見ることもできなくなるだろうよ。それでもよいというのか。わしは少なくともいまは——わしもいまは必死だ。だから少なくともいまは何のおのれのためのたくみもたくらんではおらん。ただひたすら、なんとかしてヤンダル・ゾッグに対抗できるだけの戦力となる組織を作りたい。それだけがいまのわしの願いだ。そのために、まずアグリッパの真意を知り、そしてもしキタイと組んでいるのでなくば、アグリッパの力を借りなくてはならん。それが唯一の理性ある対応とは思わんか？」

「それについてだけいえば——まさにそのとおりですがね」

「そしてもし、アグリッパがヤンダルと組んでいたとしたら……」

「組んでいたとしたら？」

思わず、ヴァレリウスは息をつめた。グラチウスは底知れぬ暗い瞳でじっとヴァレリウスを見つめた。

「中原は終わりだろうな。そして中原もまたキタイの竜王の暗黒魔道に――黒魔道よりもさらに悪い、暗黒魔道に制覇され、支配される暗黒の時代がやってくる。いや、それは――もしかしたらいずれ避けられぬことであるのかもしれぬ。キタイの竜王というものがあれほど強力にたちはだかっているからにはな。だがそれを少しでも遅らせ、そのあいだにグインの力をかりることができれば――」

「グイン――また、グインか」

思わずヴァレリウスはつぶやいた。

「グイン――グイン、いったい何者なんだ！　なんだって、このただひとりの豹頭人身の男がこれほど、中原にとって大きな意味をもってしまったんだ――いったい、いつから」

「それもまた、なんらかの人為が働いている、とも考えられる」

グラチウスは重々しくいった。

「だからこそわしはグインについてちょっとでも多くを知りたくて気が狂いそうになっておるのだよ。きゃつの力を利用できなくともかまわん。少なくとも、きゃつについて知ることができるだけでもいまはかまわん。が、それもいまはあとまわしだ。とにかくまずはアグリッパだ――大導師アグリッパが動きだしたのかどうか、それを早急につきとめねばならん」

「これは私が老師のお申し出を受けるという意味ではなく参考のためにうかがうのですよ」

ヴァレリウスは用心深くいった。

「老師は、アグリッパ大導師がどこにひそんでいるとお考えなのです」

「ゴーラ」

グラチウスは何も余分なことをいわずに、ずばりと云った。

「ゴーラ?」

「さようゴーラだ。なんとなればイシュトヴァーンのもとにアリストートスの亡霊をよび出して誣告させたのはどうしてもヤンダルではなく、アグリッパの仕業だとしかわしには考えられん。なんというか、これはもう、魔道師としての直感みたいなものだが、あの魂返しの術は——あれは人間のものだ。人間の魔道だ——異世界の種族であるヤンダルの異質さをわしは感じない。だからこそ、この世界の高名な魔道師の力であるとわしは考えたのだ。——ヤンダルも魂返しの術を使うのはリーナスでお前がにがい目にあったとおりだ。だがだからこそ、お前にはわかるはずだ——リーナスがゾンビーになってお前を拷問しにあらわれるのと、イシュトヴァーンのもとにアリストートスの亡霊があらわれて誣告するのと……微妙に、そのあらわれようが違うとは思わんか」

「それは……」

ヴァレリウスは考えこんだ。それからおもむろにためらいがちにうなづいた。

「そうかもしれません。……あの《リーナス》のゾンビーは……そう、なんといったらいいのか……完全に、なにか闇のまったく違う論理によって動かされていた……まったく異質で……あまりにも異質で……その異質さが鳥肌がたつほどおぞましかった……だが、そのアリストートスの亡霊は……」

「人間的すぎるほどに人間的な話だよ。それにイシュトヴァーンとカメロンの弱点をいやというほどよく知っている。人間だけが人間の弱点を知ることができる——わしが、ヤンダルを破ることができるのではないかと期待しているとしたらそこのところさ。ヤンダルには人間のことがわからぬ、人間ではないからな。きゃつの強大な魔力に弱点があるとすれば、それはきゃつが人間ではない、という一点にほかならぬ。……そう、だから、イシュトヴァーンの前にあらわれた魔道師はヤンダルではない、というほうにわしは神聖な——神聖な……特に神聖なものもわしにはもうないのだが、わしにとってはとても神聖なわしの評判にかけて誓ってもよいくらいだ」

「それはとても重大な誓いなんでしょうとも。——が、そうですね……それはおっしゃることはわからないでもない……それに、まさか……」

「そう、まさか」

「そんなことがあるわけはない。——そう、決してあるわけはない……〈闇の司祭〉グラチウス、北の賢者、入寂したロカンドラス、そして大導師アグリッパ——世界の三大魔道師としてこれまで、世界じゅうにその名がなりひびき、三歳の童子でさえも知っているその三人のほかに——その三人のうちのひとりが恐れおののくほどの力を持っている魔道師が誰にもこれまで名前をもその存在をも知られずにひそんでいる、などということは……そう、決してありえない……」

「そうとも」

グラチウスはいくぶん得意そうにやせた胸を張った。

「そんなことは決してありえない。われわれは何百年ものあいだ、この惑星の魔道の王者としての名声をほしいままにしてきたのだ。それなのに、いまになって、ヤンダルならばまだしも、それ以外の――人間の魔道師があらわれてわれわれをしのぐ魔力をみせる、そんなことは決してありえない」

2

「決してありえない――何があっても」

グラチウスはしつこくくりかえした。

「だからこそ、わしは、お前にゴーラへ潜入することを頼みたい。そしてアグリッパの真意をつきとめ――」

「その前にまずアグリッパであるのかどうかをつきとめることでしょうね」

「心配するな、そのあいだに、アルド・ナリスについてはわしがちゃんと面倒をみてやる。ヤンダルからできうるかぎり守ってやり、そしてちゃんとクリスタルを脱出してカレニアへ落ちのびさせてやる。――それについては、黒魔道とまじわるということを心配する必要もない。これはいわば、お前にアグリッパを探しにいってもらうための方便として、わしもそのつもりで……いわば代償として支払うことだからな。だから、そのために黒魔道に近づいたということにはならぬと思うよ。これはいわばわしの頼みごとの報酬だ。――もしいまここをはなれてよいものならわしが自分でアグリッパを探しにゆきたい。だが、わしが近づいたらおそらくアグリッパはただちにわしを抹殺するにちがいない――できるとは思わんがね。

そこでただちにアグリッパとわしの全面戦争になったら、それこそヤンダルどころではなくなってしまう——これでも、こうみえてもいま、わしはあるていどはランズベール城の周囲には結界をはってやり、多少なりとも姫を守ってやっているつもりだよ。それもすべてなくなってヤンダルの脅威にそのままかよわい姫がさらされたら、お前としても——お前ひとりではなすすべもあるまい？　ましてギルドなど……」

「……」

「わしは、望星教団と話をつけようと思う」

グラチウスはいった。思わず、ヴァレリウスはするどくあいてを見つめた。

「何といわれました？」

「望星教団に頼んで、ナリスの周辺を守らせるというのはどうだ？　それだったら、お前も安心してアグリッパを探しにゆけるだろう。なんといってもこやつらが一番強力だよ——わしをのぞいてはな。そしてお前にはユリウスをつけてやる。あいつは馬鹿だが強力だし、それにお前ならどうやらあいつを適当にあしらえるようだ。これはほかの誰にもできなかったことだがな。ともかく、もしわしが信用できぬというのなら、いったんギルドともはかって、ナリスの身辺を守るために望星教団が東から到着するまでなんとかランズベール塔で頑張ることだよ——大丈夫かどうか、わからないけれどもな。ヤンダルが何をたくらんでいるか、次にどう出るものかはまったくわれわれには予想のほかだ。それに、わしには少々気になっていることがある……ほかならぬ魔道師ギルドのなかにも、もしかしてすでにヤンダルの息のかかっているものが入りこんでいないという保証はあるか?」

「……」

思わず、ヴァレリウスはきっとなってグラチウスをにらみつけた。それは、ヴァレリウスたち魔道師ギルドのものが、ナリスからも何回となくいわれて非常に気に病んでいた、情報が早くヤンダルの側に流れすぎる――密通者がいるのではないか、という恐怖をもろに直撃したからである。

グラチウスはだが、ヴァレリウスに反応をよびさましたのが満足そうだった。

「そういうことだ。だから、ともかくクリスタルにこのまま一日いれば一日分危険はたかまる、と思わなくてはならん。それをいったらカレニアでもカラヴィアでも、どこも同じといえば同じかもしれんが、少なくともクリスタルと違うのは――クリスタルには、これまで何年かかけて――レムスが戴冠して以来の日時をかけておそらくきゃつはさまざまなワナや通路、おのれの力を発揮できる流れを作りあげてきていると思う。カレニアやカラヴィアならそれがない分、まだしも安全だ。――どうだな、ヴァレリウス。じゃあ、こういうことではどうだ。……わしがお前ともどもランズベール城におもむき、お前から口ぞえをしてもらって、アルド・ナリスにカレニアに逃亡するようすすめる。そして彼が無事にカレニアにおちついたあと、望星教団に彼の身辺を護衛させておいて、お前がアグリッパを探し、話をつけにいってくれる、という……」

「……」

ヴァレリウスは考えこんだ。こんどこそ、髪の毛が白くなるほどにも考えこまなくてはならぬ瀬戸際であった。この話のどこにワナがひそんでいるか、危険があるか、それもまたどうしても信用しきれない相手である。

だがまた、グラチウスのいうとおり、このままではどうにもならぬ雪隠詰めであることも、ヴァレリウスほどによくわかっているものはいなかった。たしかにグラチウスのいうとおり、ランズベール城はあまりにも敵の本拠地に近すぎる——それは、それこそ、以前にヴァレリウス当人がナリスにいったことでもある。ナリスもまた、いったんランズベール城に入ってカリナエを急襲される難をのがれただけのことで、ランズベール城に長期の籠城をするつもりではまったくなかったのだ。だが敵の動きはかれらが予期していた以上にすばやかった。最大の誤算は、ヴァレリウスがランズベール城に入ってナリスのカレニアへの脱出計画を作り上げる前に、ヴァレリウスがとらわれてしまったことだろう。だがそれもまたあるいは、敵がすべてかれらの動きを見通していた、というだけのことであるのかもしれぬ。

(だとしたらなおのこと……一刻も早くクリスタルをはなれなくてはならぬ……)

心が決まった。ヴァレリウスは細く目をあけてグラチウスをみつめた。

「わかりましたよ、ご老体。老師と手をくむつもりではありませんし、それは我々には禁じられている、ということは再度申上げておきますが、とにかく私は急がなくてはならない。ナリスさまをカレニアへ脱出させる手伝いをして下さるなら、アグリッパ大導師への使者はお引き受けしましょう」

「よしなよ」

いきなり、隅のほうにつくねられていた白い布のようなものが持上がって、存在が忘れられていた淫魔のユリウスがキイキイ声を出した。

「そのじじいのいうことをきくといつだってろくなことになりゃしないんだって、おいら云わなかったかい？　おいらのことだってこうやっていつもいためつけるんだよ。じじい。うそつきじじい。おいぼれ」

「うるさい」

グラチウスは怒っていきなり、手のなかから熱い湯のかたまりをとりだしてユリウスの上に投げつけた。ユリウスはとっさに白い布にくるまったが、熱かったらしくキイキイ叫んだ。

「なにすんだい。くそじじい。熱いじゃないか。やけどしちゃうじゃないか。おいらの大事な＊が使いものにならなくなったらどうしてくれるんだ。じじいのばか。海じじい」

「話はついたと思っていいのだな、ヴァレリウス魔道師」

グラチウスがなんとなくにんまりと笑いながらいった。ヴァレリウスはそれをにらみつけた。

「そう思っていただいて結構です。とりあえず私のいまいった部分に関してだけは、ということですがね」

「いいとも」

グラチウスは満足げにうなづいた。

「それじゃから、わしにはいまは何の他意もないよ、というておるだろう。ともかく、ではここを出よう。お前さんがなかなかわしのことを信用してくれないので、危険なほどにどんどん時間をついやしてしまったよ」

「いまでも、信用してこう申上げたわけではない、ということはさきほど云いましたので、それはお忘れなく」

用心深くヴァレリウスはいった。

「それにナリスさまがどう御判断になるか、魔道師ギルドがどういう結論を下すかについては私は一切の責任はとれませんよ。私にできるのは、私一人としての行動についてだけです」

「かまわんとも。ともかくわしはどんな方法をとってでも――アグリッパがこのいくさにどうからんできているのか、どうからむつもりなのかが知りたいのだ」

「それは私も知りたいですがね。でも本当にアグリッパだという証拠がはっきりしているわけではないのだし」

「わしにいわせれば、そこで使われている魔道の質、そのために必要な魔道のエネルギーの容量のでかさ、それを満たしているということそのものがもう、《アグリッパ》という署名がしてあるのと同じことだよ。だがまあ世界は本当に広い。万一、なんらかのおどろくべき偶然によって、グインと同じほど巨大なエネルギー源を、三大魔道師に遠く及ばぬつまらぬ魔道師が偶然手にいれ、そしてそれによって世界の帰趨にかかわる事件にこうして関与してくるだけの力を一挙にもつようになったという可能性だってないわけではない。だが——」

「でもその可能性はかなり低いでしょうね。何よりもまず、そんな巨大なエネルギー源があったとしたら、それによって世界のエネルギーのバランスが崩れますから、それによってわれわれはその魔道師のパワーアップについて情報を得てしまっているはずです」

「そのとおりだ。だから、わしも、それはアグリッパが動いたということでしかありえないと思っているのだよ」

「死んだアリストートス自身がそのウラにあるという可能性はないでしょうね？　怨霊というのならカル＝モルだって怨霊なのですから」

「知っているくせにわしの口から確かめてみようとするんだな。ずるいやつだ。カル＝モルはもともとが魔道師だよ。だから死んでも霊魂がまとまっていて、怨霊としての力をもつことができるが、アリストートスはただの下らぬそのへんの人間だ。死んでしまえば本来ならばちりと化して雲散霧消してしまうだけだ——それが、まだああして呼び戻されれば魂返しができるほどにかたちが残っていたのはきゃつのイシュトヴァーンへの妄執がよほどなみはずれて、常軌を逸して強いということのあらわれだよ。だがそれ自体の怨念だけでばけて出るにはそれなりのまた地縁や魔界が近づいたという機会や、実にさまざまなファクターがいる。いや、アリストートスは問題外だと思うね、わしは。あれは誰かがああして操ってまとめてやり、かたちにしてやり、そして呼び戻してやらねば、出てくることはできなかった筈だよ」

グラチウスはゆらりと立ち上がった。といっても長い黒い魔道師のマントをひいているので、立ち上がったのか、それとも急に上にのびたのかよくわからなかった。

「ともかく、行こう。かなり時間を使ってしまった。わしは望星教団の教主ヤン・ゲラールとも連絡をとらねばならん。あの怪人とは、《暗黒魔道師連合》で一応何回か共闘の公約はとったが、あそこの教団もいろいろあるでな。いつなんどき、ことにわしが負けてキタイを逃亡したあととなってみると、どう決定がくつがえされておらんとも限らん」

「暗殺教団か――!」

ヴァレリウスは思わず重たい息を吐いた。

「キタイの暗殺教団に魔道師ギルドが何よりもおそれていた《暗黒魔道師連合》、そして《闇の司祭》、ドール教団の開祖グラチウス老師!――なんということだ。これまでなら白魔道師たるわれわれが文句なしに最大の敵、不倶戴天の仇敵とみなしていた連中とばかり手を組まなくては中原を救うことも、危機をきりぬけることもできないとは」

「まだうだだいうておるのか。だが敵はそんなことをいっておられるほど、なまやさしい相手ではなかった、というだけのことじゃろ」

グラチウスがからかうようにいった。

「ともかく、かの麗人を生き長らえさせることだよ。最初はまったくあの姫ときたら、いつなんどき思いもかけぬときにふっといのちをおえてしまうかと何をしていてもはらはらしたよ――とにかくあの者には、自殺願望があるからな！　だがいまは少し違ってきたようだ。

誰の手柄なのか知らんがな。だから、もしかしたら運命はかわるかもしれん……ヤーンの運命もまた、かえられるものなのかもしれん。だがそれはまた中原の希望でもあるだろう。中原がキタイの支配に屈すれば、中原は第二のキタイとなって暗黒帝国が出現する。そしてこの地上にすべての人間的ないとなみも幸せも平和も失われ、ただ魔道がすべてを支配するおそるべき暗黒の時代があらわれることになるだろう。もしも反逆大公が首尾よく死への誘惑をのがれて、レムスとの対決に勝利してくれたとしたら——ずいぶんとものごともかわってくるだろうよ。そしたらそのとき……我々はヤーンに勝利した、とさえいえるのかもしれぬぞ。なんとそうではないか？　灰色の目の魔道師よ？」

＊

その、数分後——

ヴァレリウスは、グラチウスとともに、そのぶきみな、魔道の品々でみたされた、香のかおりのする洞窟を出て、空中をまっしぐらにとびかけていた。あたりはどことも知れぬ深い森林であった。かなり深い山地のまっただなかである。ワルド山地のなか、とグラチウスがいっていたのはおそらく真実だったのだろう。

「わしが、あと百年、早く生まれておったらな——！」

グラチウスは、軽々とヴァレリウスをその魔道によって空を運びながら、なおもしゃべりやめなかった。

「そうしたら、もう百年分の知識も技術もつく。そうしたらアグリッパなどに負けるおそれなど一切なかったよ。だが、きゃつはさすがに三千年の寿命を豪語するだけのことはある。――一回だけだが、きゃつと小さな衝突をしたことがある。それははっきりいってわしのさんたんたる敗北だったよ。それ以来、アグリッパにだけは手だしをすまい、とわしは決めたのだ」

「さきほどはそうは云われなかったですがね」

ヴァレリウスは面白そうにいった。

「だがまあよしとしましょう。私もそれは、こういうことでこうなるのでなければ、魔道師のはしくれとして、一生にいっぺん、たとえおのれのいのちを失う危険をおかしてでさえ、世界の三大魔道師の一人大導師アグリッパにはお目にかかりたかったですよ。だがそれにしても――」

「何じゃな」

「私みたいにおとなしい地味で目立たないただの上級魔道師が、なんだってこうしてその三大魔道師の一たる〈闇の司祭〉グラチウス老師ともども空をとんでいたり、それから大導師アグリッパを探しに冒険の旅に出なくてはならなくなったり、そんなことばかりおこるんだろう。……私なんて、まさにあなたがたから見たら本当にただのヒヨコ魔道師もいいところ、かけだしの、街角の素人手品師同然のしろものに違いない。だのに……」

「お前もまた、おそらくは、かの麗人とかかわりあうことによって、しだいに宇宙の運命の中核深くにかかわっていったということだろうよ、サラエムのヴァレリウス」

　グラチウスは面白くもなさそうにいった。

「《閉じた空間》を使ったほうがずっと早いのだが、あれは、あらわれるさきの場所で大きくエネルギーの流れが乱れる。それを見てとられれば、我々が何をしようとしているのかは一目瞭然だ。……その危険はさけたい。だがな、ヴァレリウス」

「はいはい」

「これはまだ、よくわしにもどういうことかわかっておらぬし、ここまではっきりそうと信じる根拠にしていいものかどうかわからぬのだが……ヤンダル・ゾッグにもしいま、弱点があるとするとそれは……」

「ええ」

「ずっとこれまできゃつの動きをみていて、気づいたことがある――きゃつの動きには、法則性がある」

「と、いわれますと」

「きゃつは、あれだけ強力な魔道使いだが、そのエネルギー流が、一定の間隔をおいて強くなったり弱くなったりするのだ。これは、おぬしを救出しようとして、ユリウスをいつあそこに飛込ませるかとじっと観察していたときにはじめて気づいたことだった。――キタイでは一回もそんなふうには感じなかった。だがいま見ていると、きゃつが張った結界は定期的に異常に強い時と、それほどでもないときがある。だから、それほどでもないときをみはからってユリウスを投込んだのだよ。だが、ユリウスには、きゃつが眠っているようだといったが、きゃつほどの術師なら、眠っているあいだ同じ強度で念を保っておくことくらいお安い御用だ。そのあとで考えてみて、どうも眠っているという表現はあたらぬかもしれぬ、という気がしてきた」

「………」

「どうもな、ヴァレリウス、わしの推理では、ヤンダル・ゾッグは、一定の期間によって、キタイとパロとをいったりきたりしているのではないか、という気がするのだ」

「ほう……」

「やつの念波の力が異常に――やつとしてはだな……弱まるとき、というのは、やつが実は閉じた空間によって、キタイに戻っているときなのではないか……いかにやつの力が強力でも、キタイほどの遠距離となれば、当然念波は弱まる。いや、そもそも、それでもそれが届くことそのものが脅威的といっていい。通常はキタイとパロほどの距離をおいたらまず、ありえないことだ――わしでも無理だよ、これは」

「でしょうね……キタイに派遣した魔道師ギルドの斥候団は、全員の力をあわせても、キタイからこちらに連絡する心話はほとんど痕跡ていどに弱まってしまったものでしかなかった」

「だから、きゃつはキタイに戻って、そして残留思念だけでパロにきゃつの結界を残しておくときがあるのではないのか、というのがわしの考えだ。それにきゃつとても――いよいよ中原の征服にのりだしたといったところで、キタイもまた決してすべてもうきゃつの手に落ちてしまったというわけではない。実のところあちらにはまだ《暗黒魔道師連合》の残党を残し、それなりに、キタイの情勢をもなんとか反ヤンダル・ゾッグ勢力が結集できるよう、わしもはたらきかけつづけている。その拠点が望星教団だ。だが本当の拠点としては、おそらく、あと一年無事に発展できさえすれば、そのうちキタイの反ヤンダル・ゾッグ勢力をひとつに統合できるのは確実にホータンの青鱶団の首領リー・リン・レンだろう」

「ほう。その名前ははじめてききますが」

「それは当然だ。きゃつはまだ子供だ。いいところ二十になるならずという少年にすぎん。だが、こやつはいずれ帝王になるだろう。何か、こやつは最初から、あらわれてきたときから帝王の器をそなえた珍しい少年だった。——豹頭王グインは望星教団とキタイでかかわりをもったが、そのとき、望星教団と取引をして、このリー・リン・レンを望星教団に守らせるようとりきめた。だから、そうでなければこの子が目立った動きをみせて今後のために危険だと思われたその瞬間にヤンダル・ゾッグに抹殺されてしまっただろうが、いまはかなりこの子にはさきゆきの期待がもてる。——望星教団は深くひそかにキタイにはかなりの根を張ってはびこっているので、ヤンダル・ゾッグといえどもいちがいに望星教団を正式に敵にまわすことができない——ことに中原にいよいよ侵略の手をのばしてきたいまとなっては、国内で望星教団ほどに巨大な敵をかかえてしまうのはヤンダル・ゾッグにとってもいたでなはずだ。だから、ヤンダル・ゾッグはヤンダル・ゾッグで望星教団とはひそかに密約をむすんでなんとかおとなしくさせておこうとしている気配が感じられる。――だからこそ、ナリスを守らせるにはうってつけなのだよ。望星教団には、ヤンダル・ゾッグはいまそこまで正面きっては戦うつもりはないからな。……まあ、だが、そういうわけで、キタイの内部も必ずしもすべてヤンダル・ゾッグに統合されてしまったわけではない。だからこそ、魔都シーアンを建設して、おのれの力をいっそう増幅させる根拠地を求めているのだと思う。おそらくはその最中に中原にこうしていよいよキバをむきだしてきたということ自体が、そのヤンダル・ゾッグの計画になんらかのかたちでかかわっているものがあるのだと思うね。でなければ、いまの時期はまだおのれの足元をかためることに力をそそいでいたはずだ」

「それは、私の推測では、あの古代機械じゃないですかね」

ヴァレリウスはいくぶん興奮を覚えながらいった。

「あの古代機械がシーアンを魔都として完成させるのに必要だ――そのために、いったんキタイの足元固めを中断してまでパロにいよいよ毒牙をのばしてきた。そう考えるとこの動きはみなつじつまがあう」

「それはおおいにありうることだし、だからこそ、ナリスの身柄には最大の注意を払ってやらねばならぬということだよ。いまとなっては、クリスタル大公アルド・ナリスはただひとりの、パロ古代機械の権威であり、その機械が認めた操縦者なのだからな」

「それはもう」

「わしもあれに非常な、いや異常なまでに関心をひかれ、興味をそそられていることはまったく否定せんが」

ずるそうにグラチウスは舌で唇をなめた。

「しかしいまはそれについてのせんさくはよすよ。それよりともかくなんとかこの危機を無事に切り抜け、クリスタル大公に生き延びてほしい。たぶんもう、レムス王を憑依から救いだすのは無理だろうからな。……いまではもう半分以上王の本来の自我は吸収され、融合されてしまっているはずだ。だとしたらやはりアルド・ナリスが正式のパロ聖王となったほうがいい」

「あなたがそうおっしゃるとなんだか、とてもその下におそろしいたくらみがひそんでいるように思われてなりませんね、老師」

「何をいうか。わしはひたすら、中原のためによかれとのみ思って身を粉にしておるのじゃないか。——さあ、そろそろつくぞ。いやだろうが、わしにいちだんとしっかりつかまることだ。そろそろ、クリスタル圏内——ということは、ヤンダル・ゾッグの結界の範囲内に入るからな」

「ええ」

「上空から情勢をみてやることにしよう。どれ、いったいどうなっておるかな、いまの間に」

グラチウスは黒いマントをばさつかせながら、上から興味津々に見下ろした。

「おお。これは、なかなかすごいことになっとるぞ。おい、見てみるがいい。ヴァレリウス

——これはなかなかながめだ。めったなことでは見ることができんものが見られるぞ」

グラチウスのいうとおりであった。

グラチウスのマントにつかまったまま、下を興味ありげにのぞきこんだヴァレリウスは、思わずその目をするどく細めた。

3

眼下にひろがるのは、クリスタル・パレス——そしてそのむこうにさらに黒くひろがる、クリスタル市の全景である。

かれら、二人の魔道師たちはあやしいもののけのように、クリスタル市のはるかな上空に浮かび、結界で気配を消しながら、二羽の巨大な鳥のように下を見下ろしているのだった。もしもそれを見る目のあるものがいたら、さぞかしぶきみな光景であっただろう。だが、かれらはとてつもなく上空にいたので、おそらく人間の視力では、魔道師のマントに包まれたかれらはほとんど小さな黒い鳥としか見えなかっただろうし、またそれさえも、背景となった暗い空にまぎれこんで、まったく見分けはつかなかっただろう。

星もない夜であった。

（俺が……とらわれてから、いったいどのくらいの時間がたったのか。そしてあの洞窟では——）

ヴァレリウスの問いがさながら口に直接出された、とでもいうかのように、

「お前がわしの洞窟でついやした時間など、一ザンくらいのものさ。そんなにも、たってお

らんかもしれん」

グラチウスが答えた。むろん心話である。

「お前がとらわれてからはまるまる二昼夜がたっている。今宵があければ三昼夜ということになるか。そのあいだに、ずいぶんさまざまなことがおこったようでもあるが、なに、根本的な情勢は何もかわってはおらんといっていいさ。アルド・ナリスはランズベール城にあり、そしてキタイの竜王は聖王宮にあってなにやらたくらみ——だが、この一日くらいはきゃつのその気配がぐっと薄くなっている。さいぜんもいったとおり、きゃつがもしキタイとパロのあいだを往復しているのであり、いまはキタイに戻っている、というのだったら、いまこそがチャンスだ。お前が脱出したことがわかればもう、ただちにきゃつはアルド・ナリスに毒手をのばすかもしれぬ。かの姫をカレニアへ脱出させるのは、いまをおいてはないぞ」

「でしょうね……だが……」

ヴァレリウスは、うなり声をあげて、眼下のおどろくべき光景を見下ろした。

それもまた、かれら——魔道師として鍛えられた、それもグラチウスや、彼には及ばぬまでも上級魔道師であるヴァレリウスくらい、よりぬきの力ある魔道師の目からでなくては、その本当のおそるべき実態はとうてい見分けることがかなわぬものであったのは確かだった。

だが、魔道師の目からは——

（うわ……）

クリスタル市全体を、もやもやとした、ぶきみな黒がかった緑の煙のようなものがおおいつくしている。

それが、魔道師の目にうつる、キタイの竜王の結界のすがたであった。

そして、さらに――

クリスタル・パレスの上はもっと濃密な、ぞっとするようなねばねばとした濃い緑灰色の渦巻きがとりまいてほとんど、上空をおおいつくす雲のようなようすを呈している。それが、すなわち、ヴァレリウスが脱出しようとしたときに、かれらをひきとめ、ユリウスの足をとらえた、生命ある結界にほかならぬのだろう。それはたえず動きつづけ、どろどろと渦巻きの模様をかえながら、クリスタル・パレスをすべてつつみこんでいる。それをすかして、いつにかわらぬパレスの七つの塔の端正なすがたや、ランズベール城、ネルバ城のすがたもみえる。

(これは……)

その渦巻きがとっくにランズベール城の周辺をもおおいつくしているのをみて、ヴァレリウスは唸った。

「これはまさしく……御大のおおせあるとおり、一刻も早く――わが聖王陛下には、この呪われた都からご脱出ねがわないことには……」

「やっと、わかったか」

グラチウスの声はどこか小気味よさそうでもある。

「いま、パロが――クリスタルがどのような状況にあるか」

「ええ」

ヴァレリウスはじっと、眼下を見つめていた。その胸の奥深くに、熱くたぎるようにふきこぼれてくるのは、嗔恚か、それとも悲哀か。

(クリスタル市が――異世界の怪物におそわれている……)

ヴァレリウスの目にうつるのは、まさしく怪物にのしかかられ、いまや凌辱されようとしている美しいクリスタルだった。比喩でもなんでもなく、クリスタル全域にひろがってのしかかっているこの緑黒色のもやもやは、キタイの竜王の影にほかならない。それはところどころ濃くなったり、かなり薄くなったりしているが、基本的には広大なクリスタル市の全域をおおいつくしてしまっている。それにとざされてしまっていれば、外の世界からのさまざまなめぐみの光や風もクリスタルにはまったく届かなくなり――このもやがどんどん濃くあつくなってゆけば、ついにはクリスタル全市は、この暗黒の魔の結界にすっかりとりこまれてしまうだろう。

「あれを見ろ。ヴァレリウス」

グラチウスがうながした。ヴァレリウスはぞっと身をふるわせた。クリスタル市の東のほう――アムブラのあたりに、いくつも、魔道師の目にはたえがたいほどの異質な瘴気がたちのぼっていた。またそれはいくつか、まとまってとぐろをまいていたりもする。それはまったく、まともな人間――この中原に存在しているどんな人間のもちうる瘴気でもありえなかった。あまりに異質で、そしてその瘴気そのものが毒々しく、おぞましかった。

「あれは……」

「あの下に《竜の門》の兵士どもがひそんでいるのだな。きゃつらの正体はわしにはようわからんが、数はそれほど多くはない。おそらく百とか、二百とか、そういう単位でしかない。だが、あれこそたぶん、キタイの竜王のおぞましいダーク・パワーの中核なのだ。そして、竜王はその中核となるやつらをアムブラに主としてさしむけ、あちこちにいつなりと姿をあらわして大虐殺をはじめられるようたくらみながらひそめておいたのだと思うね」

「あの怪物のすがたを見ただけで、平和な中原しか知らぬ人間ならからだも萎え、たたかうこともできなくなってしまうでしょう」

おそろしいにがさをこめてヴァレリウスはいった。

「たとえどのように勇敢な連中でも。パロのものたちでさえそうなのだから……魔道とはあまり縁のないゴーラや沿海州、草原の連中ならまったくなすすべも知らないでしょうな」

「一応、きゃつらも生身ではあるのは確かなようなのだがな。外見からすると、あれこそがまさしく、ヤンダル・ゾッグの生まれ故郷の同胞、ヤンダル・ゾッグの同族である連中に見えるのだが」

「魔道であのように作り上げられている、という可能性は？」

「それもないわけじゃない。だが、ヤンダル・ゾッグ自身にあまりにもよく似通っているから、あれはやはり、そういう種族――竜頭人身の種族だと考えたほうが自然な気がする」

「竜頭人身の種族に、豹頭人身の種族ですか――！」

ヴァレリウスは雄弁な溜息をついた。アムブラのあちこちから、不穏な煙がたちのぼっている。町は、いまはとりあえず、激しい戦闘状態に入っているようなところはひとつもないようだが、しかしその分、全体がすべて異様な緊張と、そしてはりつめた恐怖におおいつくされているようだ。聖王宮は暗くしんとしずまりかえっており、そして、ランズベール城は

――

「わあ！」

ヴァレリウスはいきなり、恐怖と嫌悪にからだを硬直させた。

「御大、老師！　なんです、あれはっ！」

「そういうだろうと思っておったよ」

グラチウスはさして驚いたようすもなく答える。

黒くいかめしいランズベール城の、中心部にたつランズベール塔――

その、塔の下から三分の二ほどの場所に、壁一面にはりつくようにして、下から巨大な――まるでアメーバのようなものがのびあがるようにおおいかぶさっていた。

なんともいいようのない形状のものだった。ありとあらゆる色を不愉快にぶちまけ、かきまわしたような色あいをしている。その上に、そのなかのいたるところに目としか思えないぶきみなものが開いている。目の化け物といおうか、無数の目をもつアメーバ、といおうか――いいようもない気持のわるい怪物だった。

その、妙ないぼとも斑点とも触手ともつかぬものを全身に生やした怪物はあきらかな知能

を示してランズベール塔の窓の部分だけは巧妙によけながら塔にはりつき、そしてのぞきこんでいる――

「老師！　あの部屋は！」

「あのなかが、ナリス王の居室だよ」

　冷静にグラチウスが答えた。

「わかったかい。いますぐにでも、ともかくアルド・ナリスをここから救出しなくてはならぬ、という理由が」

＊

（誰かが、部屋のすみにいる）

　ナリスは、ふと、目を開いた。

　もともと眠りは浅いが、このところはさすがにひどく気がたかぶっている上に気がかりなことばかり多いためだろう。またことに目がさめやすくなっている。

　だが、それにしても、この覚醒はなにか異常をはらんでいた。

（いま……いつごろだろう……）

　戦況は、激しくなると思えばまたはたとやみ、なかなか一定しない。

　そして夜になると、とりあえずいったん闇による休戦という奇妙な暗黙の了解がおとずれる。近衛騎士団も聖騎士団も兵をひき、朝になるとまたあらためて陣をはる――という、妙に半端な状況がこの二日間続いている。むろん、それが、かれら反乱軍を油断させて、それが当然だと思わせておいて一気に夜襲をかけてくるための伏線であるかもしれぬ、という可能性は、決してナリスは忘れることがない。

だが、すでに、この内乱が短期決戦におわりそうもないことは、もうわかっていた。

(あすの朝早くにカレニア義勇軍がクリスタルに入る……そうなれば、それが戦況をかえるきっかけになるだろう……)

寝る前に考えていたことをナリスは思い出した。総大将の身としては、このような落ち着かぬ状況のなかで、ベッドに横になって仮眠をとることさえも気になってたまらぬ状態ではあるが、また一方では、かれのいまの体力は、そのままではとうてい、一日ふつうに座っていることさえもおぼつかぬものだ。少しでも毎日体力を回復の方向にもっていっておかなくては、万一にも発熱してしまった場合にはもう動きがとれなくなってしまう。

(ヴァレリウス——お前がいてくれれば、私ももう少しは安心していられるのだがな……)

いまとなってはだが、一番気にかかってならぬのはむしろそのヴァレリウスの行方と運命そのものだ。

ナリスは、目をひらいて暗がりのようすをたしかめようとした。そして、ふとまた眉をひそめる。

(なんだ、この気配は……)

最前の——(誰かが、部屋の隅にいる)という、その感覚がまたよみがえってきた。それも、さっきよりもかなり強かった。

(何だ……これは……)

夜が、異変をはらんでいる。

ナリスは、ただちに呼び鈴をならして小姓を——次の間にひかえていつでも飛込んでこれるよう待っている忠義なカイを呼ぼうとはせず、ちょっと待った。

息をしずめ、五感を解放して、室内のようすをさぐる。そこはかつてのナリスの寝室にくらべればひどく狭苦しくせせこましいランズベール塔の一室だ。カリナエでもマルガでも、ナリスの主寝室はナリスの好みで広々としており、大きな窓がついていて、一番眺めのよい方向へ窓がひらいていたものだが、ここではそんな贅沢は望めない。だが、小さな狭い張り出し窓がついている。異変——ナリスの感じ取る異常は、その張り出し窓の下あたりからわきおこっているように、魔道の初歩はおさめているナリスの感覚は告げている。

(何……)

呼び鈴をならすことで、なにかあらたな不都合をまねきよせてしまっては——と、ナリスはさらに息をととのえながら、そっと気配の正体をさぐろうとしつづけた。

(なんだ、この……においは……それに、この……)

突然はじまったわけではない——だが、それをナリスが意識にのぼせたとたん、わざとしたようにはっきりと大きくなってきた奇妙な音が、ナリスの耳をうった。

(まるで……なんだ、これは、まるで……)

あえていうならば――巨大な猛獣かなにかが、ぺたりと窓の下にひそんで、そしてハッハッと荒い息づかいをもらしているかのようだ。

ナリスは首を持上げて、そっとそちらをのぞいてみようとした。だが、なんだかからだが重たく、からだの上に重い何か鉛でも入った袋をでものせられたようにうまくからだが動かない。

(危険……)

ナリスはそっと指さきで印を結んだ。両手をあわせるのが正式だが、あわせられぬときには片手でやるやりかたもある。が、効力は両手をあわせたときよりもかなり落ちる。

(だが……なんだ、これは……なんだか、なまぐさいような……)

フッフッフッフッフッフッフッフッ――

なんともいいようのない、不快感と不安をそそる鼻息とも呼吸音ともつかぬものが、ベッドの足元のほうからきこえている。それが、ナリスの心臓をゆっくりと冷たい手でなであげてゆくかのようだ。からだの動かないナリスには、たとえそれが害意のあるものの侵入であっても、どう逃げようもない。

(ディラン。ロルカ)

ナリスは、ずっとかれのほうに思念をこらして見張りをつとめているはずの魔道師たちのほうへ念波をおくりこもうとした。だが、それがふいに分厚い目にみえぬ毛布のようなものにあたってはねかえされてしまった、というような感じがあった。

(これは……)

もう、迷っているいとまはなかった。ナリスは布団の上に出している細い手首に結びつけられた呼び鈴の紐をひっぱった。手をかるく動かすだけで小姓を呼べるように、動けないナリスのために工夫されている呼び鈴だ。だが、いつもなら、リンとかるく鳴っただけでもさっと飛込んでくる忠実な小姓頭のカイも、当直の小姓たちも、いっこうにドアをあけて「ナリスさま、いかがなさいましたか」と顔を出してくるようすがない。

(……)

ナリスはかすかにくちびるをかみしめた。それから、さらに二回、三回と呼び鈴をならそうとこころみた。奇妙なことに、鳴っているのか、いないのか、それさえもわからない。

(なんだ、これは……いよいよ……敵襲か……)

にしても、あまりにも、敵襲——というよりはむしろ怪談じみた襲来のしかただった。だが、それならそれでナリスのまわりを護衛しているロルカやディランたちが気づくはずだ。

(闇が……重たい。闇が凝固しはじめ、それ自体いのちあるものとして立ち上がってこようとしている、そんな気持がする……)

ナリスは、低くうめきをかみころした。フッフッフッフッフッというぃやな感じをそそる呼吸音は、なんとなくさっきよりも近づいてきた感じがする。

(誰だ——!)

ナリスは用心しながら心話をほとばしらせた。だが、もとよりいらえはなかった。

（カイ――誰か……）

ナリスはかなり緊張しはじめながら、もう一回呼び鈴をひっぱった。これだけ激しく鳴らせば、本来であればもうただちに当直の騎士たちもかけこんできているはずだ。

（また……あの怪物か……また……）

先日、夜更けにこれだけのきびしい警戒をまるで嘲笑うかのように、最初はこともあろうにヴァレリウスかとみせかけてナリスの寝室に忍び込んできた、敵の首魁――キタイの竜王のおぞましい嘲笑が耳にまざまざとよみがえる。だが、ナリスはおのれでそれを打ち消した。

（いや、違う。……この気配は……あれほどの怪物なら、たとえ私程度の魔道といえども、その気配だけでそれとわかる。だがこれはそうじゃない。もっと原始的な、もっと……もっとなんというのだろう……邪悪な……）

（けものじみた……この息づかいは……）

なにか、巨大な目にみえぬ黒い獣がベッドの足元にうずくまり、そしてフッフッと息をつきながら、ベッドににじり寄る機会をうかがっている――というのが、ナリスのうけた印象だった。

（おのれ、怪物め……キタイの竜王が送り込んできた尖兵か、これも……ひとのからだがきかぬと思って……）

だが、ヤンダル・ゾッグ当人でなかったにしたところで、いずれにせよヤンダル・ゾッグの手の者であるにはちがいないはずだ。ナリスはくちびるをかみしめた。ほかにからだも動かせず、ひとも呼ぶこともできぬとあっては、そのくらいしか、ナリスにはどうすることもできなかった。

（やはり……駄目か。これほどに、私は……無力なのか。私がいま、からだもろくろく動かせぬ身だからではない。キタイの竜王は……それほどまでに強力なのか。うつつのいくさも、魔道のいくさもあっさりとパロのすべての守り、ありったけの抵抗をさえ無にしてふみにじって終わってしまうほどにも、きゃつは強力なのか？）

アルカンドロス大広場の虐殺は一ザンほどで竜頭人身の怪物たちが勝手に引き上げるという終末をむかえ、そのあと傷ついたアムブラの民と護民騎士団とは、聖騎士団が王宮にひきあげていった夕刻に、よろよろと手をたずさえてヤヌス大橋をかためるワリス聖騎士侯軍の庇護のもとにたどりついたのだった。そのまま、ともかくもまた夜がおとずれている。だがもし、そこにたてつづいて聖騎士団が、王宮の門をひらいて討って出てきたとしたら、ワリス聖騎士侯とリギア聖騎士伯だけではおそらくとうてい、それをうけとめることは不可能だっただろう。

（まるで――まるで、猫《ミャオ》がトルクをいたぶり、くわえようとしては口をはなし、逃げようとするのをひょいと追い詰めては楽しむように……我々は、手も足もでないままになぶられ、追い詰められ――もてあそばれているとしか思えぬ……いくさにも何にもなっていないのではないかと思わされる……くそっ、キタイの竜王の力はそれほどに強いのか？　いますぐにでもきゃつは、われわれのこれほど必死の願いをも怒りをもたたかいをもふみにじって、私をも、国民たちをもパロをも、その毒ある爪の下につかみとることができる——ただ、その機会をうかがって楽しんでいるだけだとでもいうのか？）

（くそ……そんなにも、我々が無力だとは……）

煮え繰り返るような瞋恚がナリスの胸をおそってくる。だが、それはまた、フッフッフッという、あやしい息づかい——ベッドの足元からきこえてくるおぞましい息づかいにはっと現実にひきもどされた。

（この音……さっきより、近づいている……？）

ナリスの心臓が音をたてて鳴った。

（カイ。カイ、頼む。起きてくれ。気づいてくれ——騎士たち……）

まったく敵のすがたを見ることもできぬ、というのが、さらにいっそう、焦燥と不安をかきたてる。ナリスはあえぎながら、なんとかして身をおこそうとむなしくこころみた。まったく布団をおしのけることさえできぬのは、ヤンダル・ゾッグがあらわれてきた夜と同じだった。

（あれはきのうか……まだたったきのうのことか、それともその前の晩だったか？……夜になると兵をひき、我々をもひと息つかせながら、夜になるとこうして私を……直接に、まるですべての警戒を嘲笑うかのように寝室を襲ってくる——そうやって、私の神経をいためつけ、しょせん私など竜王の前には手も足も出ないただの獲物だとことん思い知らせ、なぶりものにして——そして私のほうから、うちのめされて降伏するようにしむけようというのか。きゃつの考えそうなことだ……私はなぶられているのだ。だが……負けぬ。負けるわけにはゆかぬ、私は……）

（これほどの怪物であればこそ――たとえ、どうしたらいいのか、手も足も出ないほど無力であってさえ……）

魔道師ギルドから派遣された魔道師たちも、竜王の侵入にはまったく気づかなかった。それは、ヒプノスの術――夢の回廊を通ってなされた侵入であったゆえ、魔道師ギルドの全力をあげた結界をさえなんなくつき破ってしまったのだ。そのかわりに、ナリスのからだには何の危害も加えることのできぬ魔道だ、というのがロルカたちの意見だった。

（この……このあやしげな息づかい、この室のなかにひそんでいるとしか思えぬ怪物も……その夢の回廊のたまものだというのか。それが見えている、と思えるのは私にだけで……それはまったく錯覚の幻覚だというのか。……このいやらしい息づかいの主が私におそいかかってきたとしても……それも私の夢にすぎぬと……）

ナリスは迷った。

（だが、ヒプノスの術よけのまじないも、ロルカにはちゃんと用意してもらったのだが……）

それも、ヤンダル・ゾッグの魔力があまりに強いためにきかぬのかもしれない。だが、そうではなく、もしこのあやしい息づかいが、本当になんらかの手段ですべての警戒網を突破してナリスの寝所に送り込まれてきた、ぶきみな異次元の怪物のそれであるとしたら――

ナリスの呼吸が早くなった。ナリスはふいにはっと目をほそめた。

暗がりに、なにかがうずくまっている。

よくは見えなかったが、それはもはや、錯覚でも、幻覚でもあろうはずはなかった。それは、かなり巨大な――犬のような輪郭をもったもので、そしてそのまんなかに、二つの光るものがあった。

（――――！）

ナリスは、なんとかして身をおこし、魔道の道具をひとつでも手にしようと焦った。

（明日から、布団のなかに――私の手に最初から、まじない紐をもたせておいてもらわないと……）

かすかな想念がよぎる。だがその明日が無事にやってくるのかどうかもおぼつかぬ。

（く……！）

光るものは、青く、そして、ぞっとするような邪悪な光に感じられた。それが、まるでぱちりとまばたきしたように消えて、またついた。と思ったとき、それは、ナリスのよこたわっている寝台に、のろのろと這いあがってきた！

4

（あ……ああっ……！）

ナリスは、絶叫をかろうじてかみころした。

のろのろと這い上がってこようとする、黒いもの。

いまや、しだいに目が馴れてきたのかどうか、それのかすかな輪郭がナリスの目にうつる。

それはぶきみな、定形のないアメーバー状のもので、犬のように見えていたのは、まんなかがうず高くなっていたからだった。それがそのままぬらりと前にずれるようにして、それはナリスのベッドにむかって這い上がってくる。

（あああッ！　誰か——誰か……！）

からだの動かせぬナリスにとっては、これほどおぞましい状況はなかった。青く光る怪物の目はいまや、獲物を発見した陰惨な歓喜に輝いて、じっとナリスを正面から見据えている。

フッフッフッフッ——という熱い息づかいは、いまや耐えがたいほどにまでたかまっていた。

（あ……あ……あ……ヴァレリウス……）

ナリスは信じがたいものを見ている心地でそれをただひたすら目で威嚇しているしかない。

それはいままでは室全体にぬらーっとひろがろうとしているかに見える。それはもう犬には見えなかった。むしろ、蜘蛛かなにかのようにおぞましくひろがってたいらにのびていた。

（ヒッ……）

ナリスの口からついに、かすかな悲鳴がもれようとしたときだった。

ふいに、青い魔道の火が、爆発した。同時に心話がなだれこんできた。

（目をとじて！　ナリスさま、目をとじて！）

いわせもはてず、ナリスはかたく目をとじた。目をとじていてさえ、はっきりとそのうすいまぶたをつらぬいて、青い魔道のセント・エルモの火が室全体をみたすのがわかった。ナリスは狂おしくルーンの聖句をとなえつづけた。ややあって、懐かしい――かぎりなく懐かしい声がした。

「ナリスさま――大丈夫です。もう大丈夫です。目を開いて下さい。ナリスさまっ！」

「ヴァ――ヴァレリウス！」

ナリスは目を開いた。とたんに、そのからだは、激しくベッドからかかえあげられ、きつく抱きしめられた。

「よかった……御無事で……」

ナリスは床の上をみた。そこに、なんともいえぬほどおぞましい、奇妙なものがころがっていた――黒っぽい、ねばねばとした、むきだしの内臓のようななんとも気味のわるいものだった。それはところどころ黒こげになっており、ちりちりと縮んでいた。ヴァレリウスは踊り込んでくるなり、ナリスを守るように抱きかかえて怪物のその残りをさらに魔道の火できよめて焼いた。ナリスはあえぎながらそのおぞましいありさまを見つめていた。

「いったい……いったい、これは……なに？」

ヴァレリウスの無事な帰還を喜ぶよりもさえ、先に口をついて出たのはそのことばだった。ヴァレリウスもまた、むだごとに時をついやしてはいなかった。

「ランズベール城の上空まで戻ってきたとき、ランズベール塔の外側にこの化け物が這い上がり、ナリスさまのお部屋に這い込もうとしているのを見ました。それでとるものもとりあえず、そいつをぶった切り、お部屋に這い込んでいた分だけでも焼きつくしたのですが……」

「幻覚ではない」

ナリスはつぶやいた。

「ヒプノスの術ではないというわけだ。これは一体、何？　こんなおぞましい化け物は見たこともない」

(これは、ティンダロスの蜘蛛だよ。アルド・ナリス)

カサカサとどことなくひょうきんな嘲笑のひびきをたたえた心話がこたえた。ナリスはさっと身がまえた。

「誰だ？」

「ナリスさま。ゆっくりとお話している時間がございません」

ヴァレリウスはせきこんだ。

「私は――これもゆっくりと御説明している時間もないのですが、ある者の力をかりて、かろうじて聖王宮を脱出いたしました。まだかなりからだは弱っていますが、おおむね大丈夫です。御心配をおかけしました。だが、もう時間がありません。キタイの竜王はおそらくいまは――いまだけ、キタイに戻っていて、聖王宮をはなれているのではないかと私たちは考えています。その間しかありません――ナリスさま、ただちに、ランズベール城を出て、カレニア軍に合流し、カレニア軍とアルド・ナリス軍に守られてまずはカレニアをさして……そののちに、カラヴィア公とはかって最良の陣地を選び、陣を張られて下さい。ここはあまりにも危険です」

「ヴァレリウス……」

ナリスは驚いてはいたが、答えは手短かだった。

「ここというのはランズベール城だね？　それは、この怪物と関係があるの？　ここがあまりに危険だというのは」

「そうです。もう、クリスタル市全域はキタイ王の手におちているとみなさなくてはなりません。ことにクリスタル・パレスに近ければ近いほど危険です。いますぐ脱出のご用意をいたします。もう、ロルカたちにも心話で連絡しました」

「わかった。でも、それだけ危険なところを、古代機械なしで脱出できるだろうか？」

「そこまでは私――と私を助けてくれた者が全力をあげてお守りします。竜王が戻ってきて

しまえばそれでも駄目でしょう。ですからいまが唯一の機会なのです。ナリスさま」

「ひとつだけきこう。その、お前を助けてくれた者というのは、誰？」

「〈闇の司祭〉グラチウス」

ヴァレリウスはおもてをひきしめた。

「これから私は魔道師ギルドとはからなくてはなりません。〈闇の司祭〉は、パロと中原とをキタイの侵略の魔手から守るためにと、黒魔道と白魔道、《暗黒魔道師連合》と白魔道師連盟すべての同盟を申し出ています。私もまだ全面的に信用したわけではありません。だが、ランズベール塔に這い上がろうとしているこの異次元の怪物も私はこの目で見ましたし——これはずっと塔にはりついていたのだとグラチウスは云っています。それに、私は見ました。——聖王宮はすでにまったく竜王の支配するところとなり、竜王が魂返しの禁忌の術でおのが人形としたゾンビーたちの兵がさまよい歩いています。そしてまたクリスタル全市には竜王の結界がひろがり、ことにクリスタル・パレスは分厚い結界におおわれてしまっています。もしこれがすっかりとじてしまったら、もう何者も決してクリスタル・パレスに近づけないでしょう」

「——わかった」

ナリスはつぶやくようにいった。彼の決断は早かった。

「そういうことならすべてをお前にまかせる、ヴァレリウス。もとよりカレニアにはそのうち出なくてはと——ここにずっと籠城していることはできないと思っていたやさきでもあるし。カイ、カイ」

「はい、ナリスさま……あッ」

カイがそこにいるヴァレリウスをみて棒立ちになる。ナリスはすばやくそれを制した。

「カイ、びっくりしているいとまはないんだ。いますぐルナンとリュイスと、それに残っているおもだったものをすべてここへ。ロルカとディランは？」

「私はこれに」

ロルカが影のようにあらわれてきた。

「申し訳ございません、ナリスさま。——もう、何も申し開きはいたせません。昨夜とことなり、これほど厳重に守っていたにもかかわらず怪物が侵入したことについて、もう何も……魔道師ギルドはうつ手がございませず……」

（このティンダロスの蜘蛛は、別の次元から送り込まれてくるのだから、白魔道の結界ではどうにもなるまいて）

カサカサとした思念が、ロルカのことばをさえぎった。ロルカはさっと緊張してルーンの印を結ぶ。

「〈闇の司祭〉！」

「さよう」

ふいに、黒い霧がもやもやとかたちをとり、ひとのすがたになった。かぎりなく年老いたすがたがそこにあらわれる。ロルカは、ひどくおそれ、また衝撃をうけていたにもかかわらず、思わずも激しい感動にみまわれて棒立ちになった。

「〈闇の司祭〉——おお！　ほんものの、正真正銘のグラチウスだ……」

「そう、わしだよ。ほんものの〈闇の司祭〉だ」

そのロルカの反応がまんざらでもなかったようすで、グラチウスはにんまりと笑った。

「久しいな、ナリスどの。わしのことは、覚えておいでかね」

「ああ」

ナリスは目を細めた。

「はるかな昔、あなたには会っている——私がまだ十六歳のころのことだ。あなたは私を——パロの王座につけてやるとドールの誘惑にいざなった」

「そしておぬしはちゃんとそれをのがれた。まことに立派な王子としての行動でね。だがおかしなめぐりあわせだ。どうやら今度は、わしがおぬしを助けてやることになるらしいよ」

「………」

ナリスは判断に迷うようにロルカと、そしてヴァレリウスを見上げた。ロルカの心話が送り込まれてきた。

（これは容易ならぬ展開になりました。あまりにも容易ならぬ展開ですので、魔道師ギルドとしても即座に対応ができかねます。ともあれただいまディランがもうすでに魔道師の塔にとび、この状況を逐一報告していますので、おっつけカロン大導師の決定も入ってくることと思われます。入りしだい、ナリスさまに、御報告を）

（わかった）

（ナリスさま……）

ヴァレリウスはナリスの手をにぎりしめた。接触していれば、二人にしか通じない心話の波長が動く。

（御心配なさいますな。――私はそれほどまでに無謀なことはいたしません。ともかく、いまはこの塔をなんとかして脱出することが先決です。ここはクリスタル・パレスの一部――最初からここへの籠城は私は危惧しておりましたが、竜王の力は我々の想像をこえて強大です。ここにいるかぎり、我々はまったく、竜王の意のまま……）

（わかっているよ、ヴァレリウス）

ナリスは激しい心話を送り込んだ。

（それは誰よりももう、私が一番よくわかっている。……竜王は、まるですべての警備も警戒も結界も何ひとつなかったかのように、昨夜平然と夢の回廊をつかって私の寝室にあらわれ、取引を申込んできたし、いまもまたおのれの力を誇示するようにこうして怪物を送り込んできた。……私がここにいておのれを安全だと思うおろかしさを嘲笑って、私の神経をせめつけ、いためつけようとするかのようにだ。それももしお前がきてくれていなかったら、あの怪物がどうしていたかわかったものではないし……ここが危険だ、ということは、私が一番よくわかっている）

「ナリスさま！」

「ナリスさま、どうされました！」

ドアから身をひるがえして飛込んできたのは、ルナンとランズベール侯リュイスだった。かれらはそこにいるヴァレリウスを見るなり驚いて棒立ちになった。

「ヴァ、ヴァレリウス！　いったいどうしてここに——」

「王宮にとらわれていたのではなかったのか？　それにいったいどうやってこの塔の……」

「両侯、くわしいお話はあとです」

ヴァレリウスは床の上にまだなかばどろどろととけくずれたまま残っている、焼け焦げたおぞましい内臓の破片のようなものをさししめした。

「この怪物は異次元から呼び寄せられた魔物ですが、こやつがナリスさまのご寝所に忍び込み、ナリスさまを襲おうとしました。この塔にいるかぎり、われわれはキタイの竜王のなすがままです。ナリスさまのお身柄もいずれはきわめてあやうい。ともかくこの城を、そしてクリスタルを脱出し、カレニアをめざします。ご用意下さい。カレニア義勇軍と合流し、さらにはアムブラの市民軍もつれてともかくクリスタルを落ち延びましょう。いまではもうクリスタルは、あの竜どもの席捲する魔都となりはてかけています。そうなってからではナリスさまをお連れすることもできません。いますぐ、お支度を。両侯」

「なんという……」

「なんだと……」

ルナンとリュイスは仰天して顔を見合せた。だが、寝室の床にころがっている、見たこともないおぞましい怪物、という証拠をみれば、何よりも話は早かった。

「わ、わかった」

先にうなづいたのはリュイスだった。

「では、ランズベール城はすてるということだな。ランズベール騎士団全員も、城をすててナリスさまをお守りして脱出するということでいいのか」

「いや、全員が一度に動くのを待っていては時間がありません」

ヴァレリウスは激しくいった。

「いまはともかくナリスさまだけをお連れします。両侯のいずれかが城にお残りになり、残りの兵とランズベール侯の御家族をまとめてあとから追っていらして下さい。くわしくは、ともかくいったんクリスタル圏内をはなれて私が最低限安全になったとみなしたときにお話します。どちらの侯がナリスさまの御守護にいますぐたたれ、どちらが残られますか」

「私が残る」

即座にランズベール侯がいった。

「騎士団の半数はいま、近衛騎士団の夜襲にそなえて警戒体勢に入ったままでいる。カレニア衛兵隊も同様にして北大門の守りに詰めているからそのまま動き出せる。残る半数と家族の者をつれてただちに私もあとを追う」

「よかろう」

「ではルナン老、アル・ジェニウスをお頼みいたしますぞ」

「心得た。まかせておけ」

　ルナンはリュイスの手を握りしめた。

「ナリスさま、ワリス、リギアほかのものたちについてはいかがいたしましょうか」

「伝令を出して、ワリス侯とリギア伯には可能なかぎりの手兵をひきいて合流していただきましょう」

　ヴァレリウスがかわって答えた。

「だが、その合流を待っていて遅くなるのも同様に困ります。合流の地点を決めましょう。そう――クリスタル北郊外、ジェニュアで合流してはいかがかと。とりあえずジェニュアならば、あそこはヤヌス大神殿の本拠地、いかなキタイの竜王といえどそうたやすく手出しはできませんし、ジェニュアにはジェニュア守護騎士団も、またデルノス大僧正以下のお味方の僧侶たちもおりますから結界も張りやすいと存じますが」

「ジェニュアか。なるほど、それはいいな」

　ナリスはうなづいた。

「よかろう。では我々はジェニュアをめざす。リュイス、ジェニュアで合流しましょう。ワリスとリギアにも、その由を伝令してくれないか、ロルカ」

「かしこまりました」

「アムブラの民については、カラヴィアのランにたばねてもらうよう話がついたばかりだが、まだこれは組織されてはいない。北大門前にかなりの数たむろしているが、これは、なりゆきまかせで、ついてこられるものはついてきてもらうということしかないだろうな」

「それしかないでしょう。いずれにせよ、市民義勇軍としてちゃんと組織されていない段階ではたいして兵力にはなりません。さ、カイ、お支度を頼む。私もゆく」

「待って、ヴァレリウス」

ナリスは、つと手をさしのべた。そして、時間のないことはよくわかっていたが、夜の闇のような瞳でじっとヴァレリウスを見あげた。

「ヴァレリウス。そなたが、ぶじでよかった」

その唇からかすかな声がもれた。

「夢を見たよ……何回も、お前が殺される夢を。事実一回は魔道師の死体がこれみよがしにアルカンドロス広場に叩きつけられた……だがそれは気の毒なアルノーだったけれどもね。あれも、竜王の、私の神経をいためつけるための作戦だったこともわかっているが……でも、お前が無事で戻ってくれて……よかった」

「ナリスさま……」

ヴァレリウスは深い目の色でただじっとナリスを見つめた。

「本当にお前なのだね。拷問で責め殺されたのではなかったんだね」

「本当に私です」

ヴァレリウスのことばはひどく短かった。

「ナリスさま、時間がありません。さ、お支度にかかりませんと」

「ヴァレリウス」

ナリスはかぼそい不自由な手をのばして懸命にヴァレリウスの手をつかんだ。その目に何か異様な光があった。

「私は……私はお前を見捨てたよ……お前のいのちとひきかえに古代機械の秘密をと脅迫されたとき――竜王が夢の回廊を通ってあらわれてきて――私は、お前を見捨てたよ。……それは、竜王の魔力によって、お前にも……届いただろうね」

「ずっと続く拷問で朦朧としておりましたから、どれが夢とも、どれがうつつとも」

ヴァレリウスはそっけなく云った。

「それに、たかがわたくしのいのちごとき、パロ聖王がそのようなかけひきの材料に値打ちがあるとお考えになるようなものではございません。――私は剣をお捧げしております。わたくしのいのちなど、いつなりとも、アル・ジェニウスがお望みになったそのときに、陛下のものでございます。まったく、お心にかけられる必要などございませぬ」

「………」

ナリスはまた奇妙な、闇の色の瞳でじっとヴァレリウスを見つめた。だがもう何もいわなかった。

ランズベール城はにわかに異様なあわただしさにつつまれた。あわてふためいて伝令たち、魔道師たちが行き来し、そして事情を知らぬ騎士たちは仰天しながらおおいそぎで召集にこたえて集まろうと右往左往していた。だが、どのみち籠城中のはりつめた兵士たちであったし、またナリスの命令がよくゆきとどいた、よく訓練された連中でもある。てんやわんやのひっくりかえるような騒ぎというのにはかなり程遠い、節度ある騒ぎというべきものが展開された。

「さあ」

ヴァレリウスは、ほどもなく、馬車の用意ができたという知らせをうけて、ずっとあれやこれやのこまかな報告をするいとまもなかったナリスのそばにかけよって膝をついた。

「お支度ができました。お馬車へお連れいたします、アル・ジェニウス」

「有難う」

「お加減にひびかなければよろしいのですが。さ、カイ、車椅子におのせして」

「はい、ヴァレリウスさま」

「どこか、痛いところはおありではありませんか?」

「大丈夫——」

ナリスは、ずっと何か考えこみつづけていた。が、思い切ったように顔をあげた。

「ヴァレリウス、ちょっとだけ、十秒《タル》だけ」

「何でございますか。アル・ジェニウス」

「〈闇の司祭〉のことだよ」

ナリスのおもてがかげった。

「いつのまにか、消滅してしまったが——お前は、彼のことを、信用したのか?」

「信用してはおりません。いや、まったく信用してはいません。だが、いまはもう、こうするしかない、ということもあきらかです。ですから、あえて魔道師ギルドから処罰される危険をおかして、黒魔道師の力に頼りました。でも、そうでなければ、脱出もできなかったでしょう」

「お前の脱出については、彼に感謝しなくてはならないが――」

ナリスのおもては晴れなかった。

「だが、彼とても――もともとは中原征服の野望をもつ、むしろこのキタイ勢力があらわれてくるまではもっともおそるべき中原の平和の敵とみなされていたダークパワーであるはずだよ。それの力をかりて……もし万一にも、中原が、いや、パロが――黒魔道とドール教団の支配下にひきいれられるようなことになってしまうとしたら……」

「その危険ははっきりいってつねに存在しているとは思いますが、それは魔道師ギルドも全力をあげて対処するつもりです」

ヴァレリウスは激しく云った。

「私も――私も本当は信じておりません。あの老怪物が本当に虚心に中原の平和のために力をかしてくれたり、白魔道師連盟と《暗黒魔道師連合》の合同を申し出ているのだ、などということは。それほどお人好しにはなれません。だが、いまは……彼の力をかりることなしには、どうすることもできません！　それほど竜王の力は大きいし――私の力などではまったく、エルハンの前のチーチーにもあたらぬということを、残念ながら私は思い知らされてしまいました」

「……」

「御心配なさいますな」

ヴァレリウスは一瞬、やさしくしたい衝動に負けてそっとあるじのかぼそい手を握ってささやきかけた。

「とりあえずジェニュアにあなたを落ち着かせたら、ジェニュアのヤヌス大神殿とも力をあわせて、魔道師ギルドと白魔道師連盟は最良の結果になるよう、ありったけの死力をつくしますから。ともかく彼の力がなかったら、私はいまごろあの地下牢でもうとっくに発狂しているか、あるいは——ゾンビーとされて、こともあろうにこの私があなたをたぶらかし、破滅においこむひと役かっていたでしょう。だが、なんとかそこからだけは脱出することができました。これだけでもとりあえずは彼に感謝しなくてはなりますまい。まあたしかにあまりにもあやしい人物ですが、それでも、人間です。——もとは人間だった、というべきかもしれませんが——それでも、これほどに異質なキタイの竜王とはまったく違うといっていいと思います」

「それは、そうだけれど……」

「さ、参りましょう、ナリスさま。時がうつるのが何よりも心配です。さあ、カイ、お椅子をおして」

「はい」

ナリスは、あわただしく短い本陣となった室を出てゆきながら、肩ごしにヴァレリウスをふりかえった。

「ヴァレリウス」

「お前——本当に、お前だろうね？　まだ信じ切れない」

「本当に私ですよ、ナリスさま」

「あの——あの指輪は……どうなった？」

「………」

ヴァレリウスは黙って胸もとをひらき、一瞬そこにかけられている指輪を示した。それから、あらためて一行をうながした。

「さあ、急ぎましょう。もうクリスタルはわれわれの美しい都ではなくなってしまった。いまのクリスタルは、魔王の跳梁する魔都でしかないのです。魔王がもどってくる前になんとかして魔都を脱出しなくては」

第四話　よみがえる悪夢

1

にわかなあわただしさが、ひそやかにランズベール城内にたちこめていた。もともと城の住人であった人々はなるべく音をたてぬよう、外部からけどられぬよう気をつかいながら、しかしできうる限りの速度で支度をいそぎ、ウマの口にははみをかませていなけぬように し、ひづめを布でつつみ、そしてあわただしく、とるものもとりあえず、身のまわりの品をとりまとめていた。もともとあとからこの城にたてこもるために入城した騎士たちのほうはそれほど荷物とてもありはしない。すでに出発の準備はととのっていた。

「アル・ジェニウスは?」

「すでに、ご用意は完了された。もう、いまごろは……」

「いそげ。遅れるな」

「一刻も早く、われわれも合流するのだ」

ランズベール騎士団、カレニア衛兵隊、そしてルナンとリギア、ワリス、リーズらの聖騎士団——

ランズベール城にたてこもっていた騎士たちは、ひっきりなしの伝令の指図にしたがいながら、次々と準備のできたものから北大門前の城内の広場に集合し、隊列をととのえ、そして少しづつ出発してゆく。

大門の警備についているのはランズベール騎士団の当直部隊であった。それに見送られて、まず、厳重に守られた四頭だての馬車がぎっしりと魔道師部隊、そしてカレニア衛兵隊にかこまれて門を出た。

「ナリスさま……アル・ジェニウス、ジェニュアでお目にかかりまするぞ」

「世話になったね、リュイス。ジェニュアで待っているよ」

あわただしい別れのことばともつかぬ挨拶をとりかわすのももどかしく、ナリスは馬車の人となる。カイとよりぬきの騎士三人が馬車に同乗して大切な主君を守る。ヴァレリウスは馬車には乗っていなかった。

「私は、これから魔道師の塔へ参ります」

緊張したおももちで彼は門を出る直前にあるじにそう告げた。

「ジェニュアまでのナリスさまのお身柄も心配ですから、なるべく早く《閉じた空間》を使って追い付きます。だが、早急に魔道師ギルドとの折衝に入っておかねば、万一にも魔道師ギルドが私とグラチウスの会談と決定を快く思わず、私を反逆者と指定するようなことがあれば、このいのち私は魔道師ギルドの力をかりることさえ出来なくなります。——さいわいデイランの感触ではもう、あるていど魔道師ギルドも内諾はしてくれているようすです。このあたりの事情すべてはあらかじめ、私が心話で送りこんでおきましたから。――が、これだけはおわかりいただかねばならないのは、白魔道師たちが黒魔道師に対していだいてきた、長い長い歴史的な反感と恐怖と警戒心です。それをさえ、解除させるほどに、キタイの竜王への恐怖心がつよければ問題はありませんが、そうでなければ――」

「わかった」

ナリスは何も余分なことをいわなかった。

「気をつけて。何かあったらすぐ私に心話で連絡をとってくれるように」

「かしこまりました。遅くも明朝までにはジェニュアへ合流いたします」

そう言い残して、気がかりそうにナリスを激しい目で見つめてから、ヴァレリウスはそのまま消えた。ナリスの馬車の戸がしまり、そのまま馬車は粛々と北大門を出る。

大門のまわりには、すでにアムブラの学生たち、それにカレニア衛兵隊の残りと、ヤヌス大橋から先に戻ってきていたリギアが待ち構えていた。リギアは、おのれの軍の半分を、とりまとめをワリスにゆだねて、半分だけを連れてとるものもとりあえず、ルナンともどもナリスの護衛につくためにかけもどってきたのだ。

「ナリスさま！」

リギアは馬車の窓ごしに顔をのぞかせたナリスに激しい目でうなづきかけた。

「父とわたくしがお供いたしますから。ともあれ、ジェニュアへ」

「ああ、リギア。あなたがいてくれれば心強いよ」

そのままリギアは騎士たちをたばねて馬上の人となり、これもランズベール城を出る。まだ、夜はかなり深かった。まるで追われるようにして、籠城していた城を出てゆくかれら一行を深い闇がつつみこんでいる。それはかれらの動きを隠して守ってくれる闇となるのか、それともそのなかにおそるべき魔王の脅威をひそめた敵となるのか、いまはまだまったく判断がつかぬ。

「この数日前にはカリナエからこうして馬車に身を託してランズベール城へと逃げ込んできたのだったたね」

ナリスはあつくカーテンをしめた馬車のなかで、カイにむかってかすかな苦笑めいた笑みをもらした。

「そしてこんどはジェニュアへ。——ジェニュアといえば、ほんの二年ほど前には、リンダとともに、婚礼の報告をしに花で飾られた華やかな馬車でむかった場所だが、あれがそんな、たかが二年前のこととはとても思えない。まるで二十年も前のことのようだ」

「さようでございますねえ」

カイは慎重にいった。彼はあるじが望んだときにいつでもさしだせるよう、薬やカラム水や、あるじのよわいからだを守るために必要なセットの入った大きな箱を膝の上にのせていて、身動きもとれなかった。

馬車は騎士たちに守られ、魔道師部隊に守られてランズベール城を出た。事情が事情だけに、カレニア衛兵隊も、かれらの支配者をむかえても歓声をあげることもひかえ、粛々とただちにこの隊列にしたがった。ナリスをおしつつむ兵士たちの列はいまや総数で二千人をこえていた。カレニア衛兵隊隊長のリュードが剽悍なカレニア兵たちをひきいて先頭にたち、しんがりを老巧のルナンひきいる聖騎士団が守る。夜陰にまぎれて、かれらは北大門を無事にわたり、ただちに北クリスタル区に入った。

貴族たち、豪商たちの豪邸がたちならぶ北クリスタル区をぬけてジェニュアまでは、赤い街道——ジェニュア街道の一本道だ。その一本道にもすでにたくさんの伝令が往復している。

「アル・ジェニウス。カレニア伯ローリウス閣下ひきいるカレニア義勇軍の尖兵一千人が、お知らせをうけまして、急遽進路を変更、ジェニュアにてアル・ジェニウスをおまちすべくジェニュアへ入りつつあるということでございます」

「わかった」

「ジェニュアのデルノス大僧正、及びバラン司教よりの伝令でございます。ジェニュアはナリス陛下の御光臨をこの上もない光栄と存じ、大神殿をあげておつきをお待ち申し上げております。ジェニュア騎士団三百が、ただちに陛下をお迎えにとこちらにむかっておりま す」

「有難う」

やってくるのはいまのところは、こちらにさいさきのよい知らせばかりだ。だが、ナリスは内心のひそかな気がかりをかかえたまま、あまり気持が晴れるわけにはゆかなかった。

ひとつにはむろん、魔道師ギルドとの折衝にと居残ったヴァレリウスの身の上である。ようやくグラチウスのおかげで救出されたとはいうものの、ヴァレリウスが苛烈な拷問を受けていたことはナリスだけは幻影にまざまざと目のあたりに見せられて、その目で知っている。そのヴァレリウスのからだがまだそう簡単に回復していようはずもない——また、魔道師ギルドの出すであろう結論も気にかかる。

だが、それだけではなかった。

(簡単すぎる……)

ナリスのなかには、奇妙な不安がずっときざしていた。

(ヴァレリウスは……いまはキタイの竜王がちょうど、キタイに戻っていて、クリスタルをあけているから、といった。——それは、ヴァレリウスがいうからには、あるいはグラチウスがそういうからにはそうなのかもしれぬ。だが……なんだか、不安でならぬ……私がキタイの竜王をかいかぶっているということがあるのだろうか？　いや……敵はあれだけの力をもち、いつなんどきでも私の寝室、あれほどきびしく警護されているはずの私の寝室にさえ平気で侵入できるだけのやつなのだ。それが、たとえクリスタルをあけるからといって——なにも竜王ひとりしか、力のあるものがいないというわけではなかろう。キタイとてもあれだけの大国——たくさんの武将もいれば、有力な魔道師もほかにもいるはず——それをもし残してあるのなら、これほど簡単に……私の脱出を許すだろうか？)

(考えたところで結論は出ないのだし、それにともかくランズベール塔にたてこもっているのはもうあまりにも危険になってしまったことは私にもはっきりとわかっている。だから、この決断には私としてはべつだんためらいはない……だが、それにしても……なんだか、簡単に……ゆきすぎる。そもそも北クリスタル方面についてだけ、最初から国王がたはまるでいざというときはこちらに逃げろ、といわぬばかりに、まったく近衛騎士団や聖騎士団をさしむけようとはせず、がらあきにしてある――最初から私の軍がその方面を占拠し、そちらを退路として確保したとはいいながら……そちらをふさぐために一個大隊をさしむけてくることとさえ、国王はしなかった……まるで、さあ、逃げろ、ジェニュアへ逃げろ――そしてカレニアへおちのびろ、といわぬばかりだ……）

（それをいったら、そもそも、あれだけの兵力を擁する国王がたがなぜ、近衛騎士団の三個大隊くらいをランズベール城の、それも一方にだけさしむけて、ちょこちょこと籠城軍を叩くようすをみせるくらいで――なんというか、いつまでたってもいっこうに本気でいどんでくるようすをも、この内乱を平定するようすを見せようともせぬのか……私の寝所にああして異界の怪物を送り込むことのできるようなおそろしい相手なのだ。その気になれば、一瞬にして私の息の根をとめ、内乱を鎮圧してしまうこととてもできように……）

（私はもっともっとずっと絶望的なたたかいになるものと覚悟をきめていた……だからこそ、パロ国民そのものを味方にひきずりこみ、どれほどこちらの兵力が劣っていても、一気にもみつぶせば国民そのものを敵にまわすぞ、とおどしをかけるような方法で、なんとか血路を切り開いてやろうと思っていた。……だが、この展開は……いや、そもそも、この内乱のそもそものすべりだしから……）

（茶の月、ルアーの日、と……正式の決起の日をきめ、それにむけて周到な準備にかかろうとした途端だった――カリナエが襲われ――カリナエをすててランズベール城にたてこもることを余儀なくされることになったのは。それから、こんどは……ランズベール城をすててジェニュアへおちのびることを余儀なくされる……）

（不安だ。なんだか……まるで……これが杞憂であればいい。だが、なんだか……なんだかまるで、私の直感は……）

（私は敵の思いどおりに、まったくキタイの竜王がそうなるように、そうなるようにとほくそ笑みながらあやつっているとおりに動かされているのにすぎないのではないのか？ という恐怖が――どうしても消えぬ……私が竜王をかいかぶっていすぎて……それで神経質になっているのであればいい。だが……なんだか、自分で考え、判断して最良の方法を選択しているつもりで――なんだか、敵の思いのままに、傀儡の人形として操られているのではないのか、という不安と恐怖が――いつもわだかまっている……あまりにもあいての力が強大すぎるからか……何もかも見通されている、というおそれがいつも私のうちにあるからか……）

（そう……ヴァレリウスの脱出にしてさえそうだ……）

ナリスの白いおもては馬車のゆれる暗がりのなかできびしく――おそろしいほどにきびしくこわばっていた。

(私にヴァレリウスのいのちをかけて脅迫と取引をちらつかせたきゃつ——何もかも知っており、把握しており、すべてはおのれの自由になるのだぞ、というあのほのめかし——それはもちろんすべて額面どおりにうけとっておそれおののくなど愚者のすることだ。だが……)

(ヴァレリウス……魔道師ギルドが総力をあげても、いっときはまったくその気配さえ断ってしまうほどに封じ込められてしまっていたのだが……むろん、キタイ王がキタイに戻った、ということもあるかもしれぬ。それから、〈闇の司祭〉ほどの魔道師がその気になって味方してくれたのだから、その力をかりて脱出できて当然、ということもあるかもしれぬ。……だが……)

(それでも……なぜこんなに不安が残るのだろう……からだの一番奥深いところで、どうにもならぬ不安と——そして恐怖がどうしてもやまぬ——私たちは何もかも、竜王の思いのままに動かされているだけのおろかなあやつり人形なのではないか……そして、それを、何も知らずこれが何よりもよいことと、よかれと信じて右往左往している私たちをはるか上空から見下ろしながら、竜王が腹をかかえて冷酷に嘲笑しているのではないかという——恐しい不安が……)

(だが、いまはもう——こうするしかないことは、確かなのだから……いまもう、何を考えてみたところで……どれほど不安がつのったところで……)

ナリスはじっと目をとじた。そのかぼそい手に重たげにはまっているゾルーガの指輪をそっとまさぐり、かたく握りしめる。かたわらで心配そうにカイが見つめている——だがもう、ナリスは何も口にしようとはしなかった。ただ、そのかよわいからだにあまるほどの巨大な不安と恐怖を、じっとおさえつづけ、耐え続けているしかなかったのだ。

そうする間にも、一行は粛々と北クリスタルの町並みをぬけてすすんでいった。特にさえぎるものもあらわれず、国王の軍隊もまったくかれらのゆくてをさえぎるつもりはないかのようだった。そのことが、かえって脱出行をはかるかれらの心をナリス同様、不安でしめつけなかったとはいえなかったが、しかしそれを考え悩むよりも、いまはかれらはひたすら先をいそぎ、ともかくもかれらの大切なアル・ジェニウスを無事に、一刻も早くジェニュアに送り届けたい一心でこりかたまっていた。かれらにももう、これがただの内乱ではなくなりつつあること、かれらが敵として戦わねばならぬのが、どうやらただのパロの同胞であり国王に味方しているというだけのパロの軍隊ではないらしい、ということは悟られつつある。ことに、アルカンドロス広場にあらわれた竜頭の怪物じみた兵の話がゆきわたってからは、そうだった。

(どうやら、自分たちが相手にしているのは——)

(超人的な能力をもつ魔王にひきいられた、魔人の軍隊なのかもしれぬ……)

そんなことが、このいまの文明の世にまことにあるものなのか、という疑念は消しがたく抱きつつも、おのれの目で見たものの証言もあれば、空中たかく落下してきた魔道師アルノーのむざんなさいごのすがたも目にやきついている。また、もともとが魔道の都の住人である分、そうした超常現象への馴れも草原や、ゴーラの辺境の民よりはまだしもある。

(だったら、なおのこと……)

パロをその毒牙から救わねばならぬし、それができるのは、かれらが聖王とあがめる、魔道の王子だけだろうと誰もが信じた。それにジェニュアはヤヌス大神殿の本拠地――ジェニュアに入れば、魔の手はもう、あるていどは及ぶまい、という思いもある。

(ジェニュアへ)

(ジェニュアへ)

(ともかくも――ジェニュアへ……)

その一心にひたすらかりたてられ、かれらは先を急ぐ。夜は深い。夜こそはまた魔物の跳梁跋扈する妖魅の領域だ。あれほど強大な魔力をもつ敵のまえに朝も昼も夜もないとはいいながら、夜にはよりいっそう魔の力が増し、朝の光は少しでも理性に味方してくれるような気がするのも、かなしいさがであるかもしれぬ。

(ジェニュアへ――!)

ひたひた、ひたひた――

かれらは先をいそいだ。北クリスタルの、広い道の両側にたちならぶ、それぞれに広大な敷地をもつ豪邸は、このところのあいつぐさわぎ、内乱勃発にすっかりなりをひそめている感じがする――もとよりそれほどひとがおもてに出ていようはずもない深夜ではあるのだが、それにしても、森閑とすっかりしずまりかえり、人っ子ひとりいない通りと、そしてあかりもつけないまま暗がりにうずくまっているかのような家々が続いているだけだ。あるいはもう、危険が身に及んでくることをいとうて、家臣、家の子郎党ぐるみ田舎の領地へおちのびさせてしまったり、あるいはクリスタルを避難させ、どこか安全そうな場所へ疎開させてしまった貴族、豪商も多いのであるはずだ。そのへんの嗅覚は、貴族たちのほうがかえって身もフタもなくたしかである。なくすものをたくさん持っている人々のほうが、いつでも、身に及ぶ危険に怯え、不安がって及び腰になっているものなのだ。失うものもないアムブラの群衆には、もう、これよりひどいことになる見込とてもない。

そのアムブラの群衆のなかで、あるていど若くて戦えるものだけをランが集めてくれた市民軍ともいえぬ市民軍も、この一行のあとを慕って、手に手に思い思いの武器をもってジェニュアを目指している。それはこの行軍のうしろにずるずるとひろがっている。さいぜんのヴァレリウスのようにずっと上空から見下ろせば、そのはるか後方から、兵をまとめたワリスが聖騎士団をひきいてこちらへ追随してくるのが見えたことだろう。

北クリスタルの豪華な家々は、どれもパロふうのひそみにならい、正面にかなり広い前庭と車寄せをだきこんで、両側からしょうしゃな庭園が迫っており、そしてその奥のまんなかにたくさんの円柱をそなえた入口と、そしてそのうしろにいく棟かにわかれた平屋か二階くらいの豪壮な邸がひろがっているつくりになっている。そのいずれも、前に前庭があるからなおのことそうみえるのだとはいいながら、あかりひとつ洩れるではなく、すっかり暗がりのなかにしずみこみ、どの邸宅もどの邸宅ももうまるで無人の家と化したかのように暗くが

らんとみえるのが、なんとなく、どこまでも続く見捨てられた廃墟の町のなかをぬけてゆくかのような錯覚をおこさせた。また事実もう誰もいまはそこにいない家も少なくはなかったのにちがいない。

それはだが、逃避行をこころみるものたちにとってはかえって、安心なことではあった。

「追手が——追撃の軍が出るようすはないようだな……」

「はい、いまのところは……しんがりからの急報もございませんし……」

「……」

本来なら、よろこぶべきというか、ほっとすべき事態なのだが、そのことが何やらえたいのしれぬ不安をいっそうナリスの胸にかきたてる。だが、ナリスは、随行のものたちの胸に、注意を喚起するよりも、いたずらな恐怖と不安をひきおこしてはとおそれて、ぐっと耐えて、あえて何もおのれの抱いている不安と危惧と恐怖については口にしようとしなかった。ひたひた、ひたひた——と、いまでは三千をこえる人数にふくれあがったナリス軍は北クリスタル区の通りを通り抜けてゆく。夜のなかをそうしてひたひたと抜けてゆくかれらのすがたにおどろき、悲鳴をあげる住人もなく、ただならぬ気配に夢をさまされるものもいない。

北クリスタルの豪邸街はどこまでも続くかと思われたが、やがてしだいにそれがまばらになり、森や林がそれにとってかわるようになり、やがてふっつりと家並がとぎれると、こんどはゆたかな美しい田園風景が両側にひろがる赤い街道の風景となった。そのさきはもう、クリスタル市郊外の田園である。もう、その向こうに、くろぐろとわだかまるジェニュアの丘、そのてっぺんに、夜目にもそびえ立っているのがみえる、ジェニュアのヤヌス大神殿の威容が遠くうかがえる。ジェニュアからクリスタルは、ウマで半日の距離である。そしてそのあいだにはさして高い丘も山も何もないので、平原の彼方にジェニュアの丘がよく見えるのだ。それに力づけられて、いっそうかれらは足を早めた。

「ナリスさま。こんなにたてつづけにとばして、お疲れにはなりませんか」

「大丈夫だよ、カイ」

「ちょっと、お休みになったほうがよくはございませんか」

「いや、もう、それどころではない。それより一刻も早くジェニュアにつかなくては」

「では、せめてカラム水でも召し上がって下さいまし」

「ああ……ありがとう。ほっとするね」

「もうあとどのくらいでジェニュアにつくのかな……」

カイがそっと気にして、窓のカーテンをあけて、外をのぞこうとした、そのときであった。

「伝令！　伝令！」

ふいに、これまでとぎれていた、するどいひづめの音と叫びが、はっとかれらのからだを――おびえやすくおののいているからだをつらぬいた。

「伝令！」

「伝令、何だ！」

カイはただちにナリスの命をうけて、カーテンをおしひらく。伝令は、ウマをとめず、馬車についていて走りながら、馬上からかるく一礼した。肩に伝令のしるしの布が結びつけられている。それはランズベール侯の紋章がついていた。

「伝令、伝令！　ランズベール城に敵襲！　ランズベール城に敵襲！　近衛騎士団が、ランズベール城に総攻撃をかけてまいりましたッ！　ランズベール塔は炎上しております。伝令！」

「なんだと……」

ナリスの目が、火をふいた。

「全軍停止！」

よくきたえられた軍勢だ。ふたこととはいわせず、伝令班が反射的にかけだしてゆく。同時にその周辺の、命令をただちにきこえたものたちからぴたりと進軍が停止するとともに、さっとナリスを守る円陣をくみはじめた。

「カイ、窓を！」

「はいっ」

カイが窓をあける。ナリスは騎士たちにささえさせて、窓からなかば身をのりだし、目をこらした。

「木々のせいでよくみえないが、南の空が……明るい」

ナリスの唇からつぶやきがもれた。

「ロルカ、ロルカ！」

「ここに」

ロルカがたちまち舞いおりてくる。

「伝令をうかがい、ただちにいってまいりました。ランズベール城は包囲されております。すでに十重二十重に国王の軍勢があますところなくランズベール城をとりかこみ、そして火矢が射かけられ——ランズベール塔のみならず、うまややほかの場所も炎上しつつありますッ」

「リュイスは！　リュイスはもう、出たのか！　城を！」

「まだ、ランズベール侯御一行が城をあとにされたという報告はございませんッ」

「………！」

瞬間。

ナリスの目がまたしても青白く炎を吐いた。次の瞬間、思わず、激しい苦悶に襲われたかのようにその目がとじる。

ルナンとリギアが馬をとばして駆け寄ってくる。

「ナリスさまっ」

「リュイスが危ない。ナリスさま、私が戻りましょう」

冷静なルナンの声に、ナリスははっと目を見開いた。

2

「ルナン！」

「総攻撃とあって聖騎士団も近衛騎士団も国王騎士団もすべて投入されているようです。ランズベールにはいまは残兵がせいぜいいて一千——かなうわけはない。私が、援軍をひきいて参ります。ナリスさま」

「ルナン、それは駄目だ！」

ナリスは必死に叫んだ。

「そうですわ、父上。父上がここでお馬車をはなれられたら——それが敵のねらいでないとどうして言えますの。私が参ります、ナリスさま」

「う……く……」

ナリスは、激烈な苦悶におそわれたように両手をねじった。その白い額に脂汗がうかんだ。

「駄目……だ。リギア！　あなたにもいま……いまゆかれては困る！」

「お馬車の警護には父とリュードがおりますし、リーズもおって到着いたします。それにまもなくジェニュア騎士団のお迎えも……リュイス侯を見殺しにするわけには」

「駄目だ」

ナリスのおもては蒼白だった。

「これは、ワナだ。――ようやくわかった。すべてが仕組まれていたんだ」

「なんですって。ナリスさま」

「ヴァレリウスが寝返ったと？」

ルナンが手厳しくいった。ルナンはもともと、ヴァレリウスをさほど信用しておらぬ。

「そうではない。それほど、単純なワナじゃない」

ナリスはうめくようにいった。

「ヴァレリウスは忠誠だし……本物だと私は思うよ。ヴァレリウスだけは……私にはわかる。いかにほかのものが、どれほどの魔力をふるって化けようとも……私をだまそうとしても。だから……ちょっと不安だったけれども、ヴァレリウスは本物だ。寝返ってもいない。だが……これはワナだ。私をランズベール城からおいだしてランズベール城を全滅させ……カリナエから私をかりたててランズベール城においやっておいて、そしてカリナエを一網打尽にした、あれとまったく同じだ……私をそうやって……どんどん戻るところをなくさせ、背水の陣においこもうとしている……これは、ワナだ」

「ナリスさま……」

「その手にのるわけにはゆかぬ」

ナリスは激烈な苦しみに耐えるように、両手を苦しくもみしぼった。カイがはらはらしながら腰をうかせる。カイにとっては、戦争の状況などどうあれ、ナリスの手が痛むほうが重大問題なのだ。

「全軍、進軍再開！」

「ぜ、全軍――」

「進軍、再開――！」

仰天したようすで、ルナンとリギアが顔を見合せた。カレニア衛兵隊のリュード隊長が馬をとばして近づいてきた。

「アル・ジェニウス。伝令をうかがいました。それで、次の御命令は。さしでがましいながら、もしも援軍が必要ならば、ルナン侯とリギア伯はおそばをはなれられぬこと、わたくしが参りましてもよろしゅうございますが」

「そう、そうだわ。リュードなら……」

思わずほっとしたように、リギアがいいかける――だが、ナリスはふたたび手厳しくかすれた声でいった。

「それはいけない。さあ、もう、ずいぶん遅れてしまった――進軍再開。一刻も早くジェニュアへ！　そのあとで、カレニア衛兵隊とワリス軍が合流してから、ランズベールへ援軍をさしむける方策をたてる。いまは……足をとめてはならぬ」

「何……ですと……」

ルナンは老いの一徹の目をぎらりと光らせた。

「しかし、それでは――！　ナリスさま、リュイスをお見捨てになるおつもりですか！　城内には、シリアほか、リュイスの家族も――ランズベール騎士団の家族もまだ多数残っておりますぞ！　それを見捨てたとあっては、非情の主君と、こののち反乱軍の内部にしこりが残りましょう！」

「わかっている！」

ナリスは狂おしく叫んだ。叫んでも、かすれたかすかな声しか出ない。

「だが、いまは止っては駄目だ！　いま止ったら――それこそ本当にきゃつの思うつぼ、あまりにもたわいもなくきゃつの手に一から十まで乗ってしまうことになるのが、わからんのかッ！　進軍再開！」

「進軍再開！」

ごく機械的に返答して伝令班がただちに散ってゆく。リュードもまた、特に動じたようすもなかった。

「ランズベール侯も、アル・ジェニウスに剣をお捧げしたお身の上」

リュードはきっぱりと云い放った。

「陛下を無事お落としするために、お役にたてれば御本望かと存じます。心得ました。それではともあれ我々は一刻も早くジェニュアへ、それだけを考えればよろしゅうございますね」

「そうだ、リュード」

ナリスは唇まで蒼白になりながら叫んだ。その黒い瞳が、リュードの精悍な瞳とあった。

「ともかく私をジェニュアへ。すべてはそれからだ。むろんリュイスを見捨てるつもりなどない。だがいまここで私がかれらの手におちたら——すべてはそれで終わるのだ。頼む、リュード。進軍再開だ」

「心得ました」

リュードは頼もしくいった。そしてもう、ふりむきもせずにウマをとばして先陣の先頭へとかけもどっていった。

リギアは思わずルナンを見つめた。ルナンはじっとひげをかみしめていた。だが、もうその目にはゆるぎはなかった。

「——やむを得ませぬな」

そのひげの唇から、しわがれた声がもれる。

「たしかにおおせのとおり。——われらにとっては、ナリスさまのお身柄が無事であることこそ唯一の希望——いまわしかリギアか、あるいはリュードがおそばをはなれたことでナリスさまが万一のことがおありになってはすべては終わりです。わかりました。ジェニュアに入って、ナリスさまが当面御無事になったのち、たとえナリスさまがどうおおせあろうとも、それがしが、ランズベールへ——リュイスの骨なりと拾いに」

「それは、好きにするがいい」

ナリスは激しく細い肩をふるわせながら云った。

「それまでは、止めぬ。――それに……それに、ランズベール城も……もちこたえぬものでもない……リュイスとても……必ずいのちをおとさねばならぬわけではないかもしれぬ……」

云いながら、たえかねたようにふいにナリスはうつむいてしまった。その口からむせぶような嗚咽がもれた。

「ヴァレリウスの……ヴァレリウスのことばでは……聖王宮の内部では……死者となったものが……ゾンビーとなる魔術をつかわれて……敵の一味となっていたと……ゾンビーとなったリュイスと戦うほどならば……まだしもこの手で忠誠なランズベール侯を葬ったほうがマシだ……」

「まだ、リュイスが破れるときまったわけではありませんわッ」

叩きつけるようにリギアが叫んだ。

「リュイスだって勇敢な武将です。さあ、急ぎましょう。こうなったら一刻も早くジェニュアに入って、そしてナリスさまを落ち着いていただいてから援軍を出さねば。それまでもちこたえてくれれば、リュイスにも機会はあるはず……」

「シリアは……シリアはまだ城内に……」

ナリスの唇から、おさえきれぬ悲痛な声がもれた。

「どうして、私と一緒についてこいと……この馬車に乗せてやらなかったのだろう……」

「ナリスさま。もう何もお考えにならずに」

リギアはきびきびといった。もうその顔は蒼白ではあったけれども、もとの彼女のきびしい精悍な顔に戻っていた。

「いまはもう、ただナリスさまの御無事だけが私たちの希望なのですから。進軍再開！――御者、お馬車を！」

「ワアアアーッ！」

すさまじい絶叫が、そのいらえであった。

瞬時に――

リギアの手が腰の剣のつかに走った。

「敵襲！」

とうてい女性の口からはなたれたとは思われぬ、烈帛の気合いがその唇からほとばしる！

「全軍戦闘体制！」

「全軍戦闘体制！　了解！」

ただちに、また、すべての騎士たちが馬車を十重二十重にとりかこむ円陣隊形となった。それはもう、このような場合の戦闘の常識である。主君を守る――それよりほかにかれらの目的はない。

「お馬車を守れ！」

「お馬車を守れ！」

するどい叫びが伝令を待たずともあたりにひびきわたった。

場所はようやく北クリスタル区を出て、田園のまっただなかに入ったあたり——その、暗いどこまでもひろがる平野のなかに、まるでわいて出たかのように、黒々とした軍勢のすがたが立ち上がっていた。

「この地点に、兵を伏せられて待ち伏せされたのか?」

ナリスは眉をひそめた。

「にしては……解せぬが……あらわれが、唐突すぎる……」

「ワアアーッ!」

馬車の外ではもはや、戦闘がはじまっているらしい。ただちにカイも緊張のおももちで、箱をおろし、腰の剣の柄をにぎりしめた。護衛の騎士たちもむろんただちに応戦のかまえで剣をぬきはなって待ち受ける。かれらの役目はさいごのさいごまで主のいのちを守り通すこと、馬車の外でたとえ何人の仲間が切り倒される絶叫がきこえてこようとも、決して心はゆらがない。

「ナリスさま、もっと奥によりかかっていらして下さいませ」

カイはすばやくあるじを馬車の椅子の一番奥にもたれかからせ、動揺がつたわらぬよう、さらに分厚く毛布でくるみこんだ。外からはもう、激しい戦闘の物音がきこえてくるが、それはまだ、この馬車にそれほど肉迫しているようではない。カイはそーっと窓のカーテンをあげて、外のようすをのぞいた。突然窓のところに黒い顔があらわれた。

「ロルカでございます」

声をきいて、カイはほっと肩の力をぬく。

「敵軍の数はそれほど多くございません。主力はおおむねランズベール城攻めにかかっているものと思われます。こちらにまわりこんでおりますのは、国王騎士団の二個大隊およそ一千六百、それに聖騎士団一個大隊というところでございます。歩兵を合計いたしましてもおそらく二千五百、いまのところのわがほうと兵力にはまさりおとりはそれほどございませぬかと」

「そうか」

「私どももただちに全魔道師がこの御座馬車の周辺に集結いたし、結界を十重二十重にはりめぐらしました。めったなことでは、このお馬車に魔道の敵をも近づけはいたしませぬ。御安心下さいませ」

「わかった」

「ただいま、リュード隊長とリギア伯が先頭にたって血路をきりひらく激戦に入っておられます。街道が確保されさえいたしましたら、ただちにお馬車を護衛して、ジェニュアへ。ジェニュアにももう伝令が参っておりますので、ジェニュアからは、お迎えの三百を増兵して一千のジェニュア騎士団がこちらに急行しつつあります。状況は必ずしも悪くはございません」

「ああ。御苦労」

ナリスはくちびるをかみしめた。

「ロルカ、ヴァレリウスとは連絡は？」

「ヴァレリウスはグラチウスともども魔道師の塔に入っていって、それきりでございます。おそらくは激論がたたかわされているのではないかと存じますが、まだこちらからは……魔道師の塔からも、それについての指示や応答はまだまったくございません」

「そ……うか……」

ナリスはまたくちびるをかみしめた。馬車が揺れる——まるで大海原を漂っている孤独な小舟のようだ。激しいたたかいが大地をゆるがしているのだろう。外からはひっきりなしに人の叫び、阿鼻叫喚、そして剣のふれあう音やウマのいななき、激しい格闘の音やどさりと倒れる音などがきこえてくる。

「ナリスさま、お心たいらかに。馬車は絶対にお守り申しあげます」

窓からルナンが首を出して怒鳴った。そしてまたそれだけで戦闘のまっただなかへかけ入っていったらしい。ナリスはこの状況のさなかではあったが、かすかに苦笑した。

「心配は、しておらぬよ。心配したところで——この動けぬ人形の私がどう心配したところで、どうなるというものでもあるまい」

「ナリスさま……」

カイがひたと、迷いのない目でナリスを見上げている。

「カラム水が、お入用のときにはいつでもお申し付け下さいませ」

「有難う、カイ。のどはかわいてないよ」

「さようでございますか」

激しい戦いの物音は、それもまだ、それほど馬車に近い場所ではなかった。

何重にも馬車をとりかこみ、馬車に決して敵を近づけまいとするナリス軍の必死の気迫に、それほど兵力でまさるわけではない国王軍はあぐねているのだろう。圧倒的に兵力でまさっていれば、とりかこんでおしこめることもできようが、同じていどの人数なら、絶対の中心をもってそこにぎゅっと収斂しているナリス軍のほうが、そのまわりをぐるぐるまわっている国王軍より戦闘能力は発揮しやすい。

「ナリスさま」

また、ロルカがあらわれた。

「ランズベール城の本丸に、火の手があがりました」

「………」

それは衝撃的なしらせであった。そのほうがはるかに衝撃的であるともいえた。ナリスは黙って耐えた。

「ナリスさま。ジェニュアからの援軍が、あと十分《タルザン》で到着いたしますとの伝令が参っております。あと十分《タルザン》、もちこたえれば、問題はございませぬ」

さらにロルカが報告した。ナリスは、ランズベール城炎上の報告の衝撃に、それにこたえずにただくちびるをかみしめていた。そのかみしめたくちびるから、またかすかなうめきにも似たつぶやきがもれる。

（シリア……）

その、ふっくらしたあどけない、いちずにナリスを慕ってくれる少女の瞳がよみがえってくる。だが、ナリスはさらに耐えた。

ふいに、わああっ、という大歓声がおこった。あきらかに、ナリス軍のほうからおきた歓喜の叫びであった。

「ナリスさま、ワリス侯軍が追い付いて参りました！　この状況をみて、ただちに戦闘に！」

小姓の伝令が息をはずませて報告にきた。ナリスとカイは思わずほっと目をみあわせた。あと十分《タルザン》でジェニュア軍一千が到着し、そしてワリス聖騎士侯の聖騎士団が現場に到着した、ということなら、もう、何ひとつ、こちらがおくれをとる心配はなくなったと思ってもいい。

「ナリスさま」

ルナンが戦線をいったんはなれて馬車のかたわらにやってきたのも、その、戦況がこちらにぐっと有利になったあらわれといってよかった。

「どうやらリュードとリギアめが血路をひらき、街道を確保いたしましたから、お馬車は、このままじりじりとジェニュアへお進み下さい。あとは我々が引き受けます」

「大丈夫か、ルナン」

「当たり前でございます。老いたりとは申せ、こんな、売国のへろへろ騎士どもにやられるルナンではございませんぞ」

「では、馬車の先導を頼むよ。ワリスが戦線に入ったら馬車は動き出そう」

「あまり遅くなるとまた街道めがけて国王がたがむらがってきますから、いまのうちのほうがよろしゅうございますぞ」

「わかった。では、御者に馬車を出すよう伝えてくれ。それからロルカは伝令を」

「かしこまりました」

天井の上からいらえがあった。ロルカはそこに乗っているらしい。

「進軍!」

最前の絶叫は御者がやられたわけではなかったらしく、馬車はまたおもむろにすすみはじめた。周囲ではまだ激しい戦闘の物音が続いているが、どうやら先がみえたと感じて、カイも騎士たちも思わずほっと息をつく。むしろそうなると案じられるのはランズベール城の運命だ。

「ロルカ、誰か魔道師をランズベール城へ……リュイスと……それにシリアたち、リュイスの御家族の運命をちょっと……もしできるなら、せめてシリアだけでも……救出したい」

「いま、魔道師を一人でもこの現場から割くのは、結界をより安全なものにするのに好ましいことではございませんが……かしこまりました。では、下級魔道師を一人」

「リュイスがまだ……まだ無事のようなら、もう無理に手向かいせず、投降してくれと伝えてくれないか。シリアもいるのだから……」

「かしこまりました」

ロルカのいらえがあって、馬車はその間にもしだいに速度を増してジェニュアへむかって動き出しつつあった。外の戦闘の物音も、絶叫も悲鳴も、どうやら街道の両側に展開していったらしく、ちょっと遠い。

「ナリスさま！　ジェニュアからのお迎えの僧兵たちと、それにひきいられたジェニュア騎士団が到着いたしました！」

報告をきいてさらにナリスたちは愁眉をひらいた。

「ジェニュア騎士団はただちにナリスさまの警護まわりについて、御一緒にジェニュアへ参ります」

「ああ」

「少々、お馬車をいそがせますので、乗り心地はお苦しいかもしれませんが、御勘弁を」

「そんなこと、ちっともかまわないよ、ロルカ」

「では、参りましょう……」

いいかけた、ロルカの声が、ふいにとまった。

そしてふいに、おそろしい絶叫——ロルカのものではない驚愕と恐怖の絶叫が、かれらの耳をつらぬいた！

「ああああーッ！」

「あ、あれは……あれはなんだ！」

「ば、ば……化け物だ。化け物だぁ！」

「なっ……」

ナリスは思わず身を乗り出そうとした。カイがあわててとめた。

「ナリスさまっ！　お動きになるとあぶのうございますっ！」

「化け物だーッ！　竜の化け物だーっ！」

すさまじい悲鳴が、かれらの耳をつんざいた！　そしてなんともいえぬ、ごごごごご――

という地鳴りめいた音が。

「竜の化け物！」

瞬時に――

ナリスの目が燃え上がった。

「出たかっ！　アムブラの民を虐殺した、竜頭人身の怪物――《竜の門》どもだなッ！」

「ナリスさま！」

やにわに、ロルカの顔がよほどあわてていたらしく、馬車の窓にさかさまにうかんだ。

「大変です。《竜の門》の化け物どもが！」

「落ち着け、ロルカ！　どのくらいの数だ？」

「およそ――およそ十騎ほどですが……あまりにぶきみなすがたなので、兵士たちのなかに
たいへんな動揺が……」

「おのれ、竜王……」

ナリスはにぎりしめても力の入らぬ手を激しくにぎりしめた。

「これが、きゃつの策略か？　こうやって二重三重にワナをしかけて、それで我々を一気にくじこうというのか？」

わあああーっ、わあああーっ——

驚愕と恐怖にみちた、あきらかにこれまでとは違う悲鳴と叫びが、あたりをひきさきはじめている。

ナリスは苦々しく、かぶりをふった。

「えい、その竜の怪物、この目で見てやる！　窓をあけろ、カイ！」

「なりません。ナリスさま、危険です！」

「この期に及んで危険もへったくれもあるものか。さあ、窓をあけろ、カイ。私がこの目で、その異界の怪物というやつを検分してやる！」

「ナリスさま……」

カイは心配しながらも、そのけんまくに抗しかねてそっとカーテンをひらく。そしてナリスが外を見えるように、護衛の騎士たちに腕にかかえさせて窓のところにかかえあげさせてやった。

ナリスの目に入ったのは、まだまっ暗い赤い街道の周辺に、激しく火花を散らして戦いつづけている、夜目にも白いナリス軍のよろいをつけ、マントをなびかせた騎士たちと、そして黒づくめのぶきみな国王軍の騎士たちのすがただった——そして、そのむこうに、ぬっとそびえている——あまりにもぶきみなおぞましいすがた——

たしかにたった十騎ほどしかいなかったのだが、まるで百人もいるかのようにみえた。普通の人間よりもかなり大きかったし、そしてかぶとをかぶっていないそのよろいの胸からぬっとはえたその首は——

（おお……）

ナリスの唇から、思わず激しいうめきがもれた。

（竜……竜だ。なるほど、竜だ、これは……）

想像上の怪物、キタイの神話で名高い神のつかい、竜神の末裔——

中原のひとびとにはまったく、そのように神話や伝説のなかでしか、知られてこなかった、おそるべき怪物。

馬のようでもあれば、さらにそれに蛇と虎とを足したようでもある、ぬっと長くのびた太い首に、もえあがる緑のたてがみ、そしてむきだした金色の巨大な眼球、耳まで裂けた口。頭にびっしりと生えている緑がかったうろこ。

なんともいえぬおぞましい、そしてあまりにも異質なすがただった。それを見たとたんにひるんで逃げ出してしまわなかったのは、ひとえにナリス軍の騎士たちのなみはずれた勇猛と忠誠のたまものにしかすぎなかった。この怪物に襲われたアムブラの民衆がどれほどの恐怖と仰天と驚愕におそわれたかを、やっとナリスは理解した。

（《竜の門》……これが……）

ナリスはその異形の怪物にまるで見入られてしまったかのように、ほとんどうっとりとその怪物どもを見つめていた。

その、とき。

三たび、おそるべき絶叫が、かれらの耳をつんざいた！

「ワアアーッ！　聖騎士団だ。オヴィディウス侯の聖騎士団の援軍だぁぁ！」

「な……………」

今度こそ——

馬車がひっくりかえるほどの衝撃であった。

ナリスは生まれてこのかた何度という驚愕に、さしも肝のすわったそのからだがガクガクとふるえだすのを無意識に遠く感じていた。

「オヴィディウス侯だぁ！　オヴィディウス聖騎士侯だ！」

「オヴィディウス」

われ知らず——

ナリスの青ざめたくちびるから、弱々しいうめきがほとばしっていた。

「そんなはずはない……そんなはずは……そんな、そんなばかな——！」

3

誰よりも驚愕したのは、あるいはナリス当人であったかもしれぬ。

(オヴィディウス……オヴィディウスが、なぜ……)

(彼は……あのとき、カリナエを私が脱出してランズベール城に入ったときに……私の目の前で……)

ルナンとヴァレリウスの剣がさしつらぬき、さらに数本の刃にとどめをさされて、ぼろぎれのようになって地上にむざんに倒れ込み、かわりはてた姿をさらした、オヴィディウス聖騎士侯。

ナリスを馬車からひきずりおろし、そのいのちをたてにとってかれらをおどし――そしてヴァレリウスにたおされたそのときの死闘をナリスが忘れようはずもない。

その目にはいまなお彼のさいごの苦悶にゆがんだ形相もまざまざと記憶に残っているし、それを見下ろしたときのしんとしずまりかえった夜の気配さえも心によみがえるのだ。

(オヴィディウス……生きていたのか？　いや、そんなはずは……決してそんなはずはない……)

オヴィディウスほどの大物となれば、その死体が見つかったら大変なさわぎになろう。あのときにはまだ、ことがすべて露見するまでに、できることなら多少とも時間かせぎをしたいといま思えばむなしい望みを持っていたときであったから、オヴィディウスの死体をそのまま放置することはせず、そのまま馬車にのせてともにランズベール城へ運び、そしてランズベール侯に託したはずであった。それを指図した記憶もナリスにはある。ランズベール城の地下は、ランズベールの塔でひそかに処刑されたり、あるいは暗殺された罪人の死体を処理するための暗い設備にはことかかぬ──そこに運び込んで、ランズベール侯にこっそり始末してもらうよう、頼んだことばさえも記憶にはっきりと残っている。

(リュイスが……まだ、死体を処分していなかったにしたところで……)

そのあいだにオヴィディウスが生き返るような傷の具合では、まったくなかった。──いや、もう、完全に息の根がとめられたようすをはっきりと見定めたからこそ、それをランズベール城に運ぶようにナリスも命じたのである。

(生きていたのか……それとも地獄からよみがえって……いや、違う……)

ナリスは、たちまちすさまじいたたかいのひびきが馬車のこんどはぐっと近くでおきるのをききながら、くちびるを激しくかみしめた。

(違う、そうじゃない……落ち着け、落ち着くのだ、アルド・ナリス──お前らしくもないことを！　ヴァレリウスが報告したではないか……竜王はゾンビーをあやつると！　そうだ、あれはゾンビーだ……オヴィディウスは、人間の、生身の彼はたしかにもう死んでいる。あれはたぶん……ゾンビーだ。生ける屍が、兵をひきいて私にたちむかってくる……）

（待て、ナリス……それはなんだか覚えがある……そうだ、これまでのもろもろ……たしか、先日、モンゴールのトーラスでの騒ぎのおりに……これとは多少状況が違うといっても……イシュトヴァーンの裁判のおりに、死んだはずのアリストートスが亡霊となって、宰相のサイデンに憑依してあらわれ、イシュトヴァーンの罪状を告発して……カメロンがたまりかねてその亡霊を切ったところが、切られたのはサイデンの生身であったためにあの反乱になったと……）

（そちらは亡霊の憑依にせよ……死者がよみがえり、生者たちの領域に手だししてきた、という点では同じだ。……そうだ、そもそも、レムスに憑依していたあのカル＝モルという魔道師自体がすでに死んだキタイの魔道師の怨霊にすぎなかったはずだ……）

（何かおそるべきことがおきようとしている。これまで、最大の——何よりも決してこえてはならぬ、何ものも手をふれてはならぬ禁忌であったはずの——生者と死者との領域がのりこえられ、汚され——そしてゆがめられ……死者たちが生者の領域に平気でたちいってこようとしている——これはなんというおそるべき黒魔道だ？　いや、ただ黒魔道といってはすまぬ——これはまさしく、悪魔の魔道だ……）

（死者は——ゾンビーなのはオヴィディウスだけか？　それとも、あれは、ゾンビーにひきいられた死者の軍隊なのか？）

だとしたら、生者たちの剣がよくそれを切り裁けるものだろうか？

ナリスはするどくロルカを呼んだ。

「ロルカ。ロルカ」

「はいッ！　ナリスさま！」

ただちにロルカの顔があらわれる。そのおもては魔道師のフードのなかでおそろしく緊張してこわばっていた。

「あのオヴィディウスは、ゾンビーだな？」

「さ、さようでございます。ナリスさま」

「操っているのは誰かわかるか。この近くにいるか」

「たぶん……これまで知られている魂返しの禁忌の術でございましたら……それほど遠くから死者のからだをあやつるほどの強力な術をもつものは……これまでわれらの領域で知られている魂返しの術ならば、その術者が必ず近くにひそみ、よみがえらせた死霊に念を送っておのれの思うとおりに動かすことが必要でございます」

「その術者を探せ。必ず近くにいるはずだ。それから、ゾンビーはオヴィディウスだけか？それとも他の兵士たちもみなそうか？」

「私の見たところでは……ゾンビーであるものはごく少数です。せいぜい十人とはいないように思われます……それから、それをあやつる術者でございますが……私の考えでは、それこそが、《竜の門》かと……」

「おお」

それだけ、ナリスはいった。

「《竜の門》はただの怪物ではない……死体をあやつる術をつかうような、こざかしい魔道師でもあるのか？」

「まだ、しかとは申せませぬが……もしかしたら、《竜の門》どもを通して竜王その人が念を送り込んできている、という可能性もございますから」

「が、では、ためしにどの一匹でもいい。全力をあげてとりかこみ、《竜の門》の怪物を倒してみよ。それによって、オヴィディウスたちの軍勢の動きがどうかわるか、見てみるのだ。――だが大半はただのまことの聖騎士団なのだな？」

「さようでございます。いまやルナン侯とリギアさまが中心になって必死に応戦しておられますゆえ」

「ワリスは」

「ワリス侯騎士団もカレニア衛兵隊もすべて、お馬車を中心に一歩たりとも聖騎士団を近づけまいと奮戦いたしております。御安心を」

「御報告！　ワリス侯騎士団が苦戦しております！」

「馬車まわりのカレニア衛兵隊を二個中隊、ワリス軍に投入せよ！」

ナリスはただちに指示を発した。

「それから、よいか、全軍にできうるかぎり伝えよ。《竜の門》をねらえ。オヴィディウス軍は《竜の門》があやつっている。《竜の門》を倒せ、とな。《竜の門》恐るるに足りず！

きゃつらとてもたとえ異世界の怪物であろうとも、生身の生物だ！　竜王のような化け物ではないぞ」

「かしこまりましたッ！　伝令、伝令！」

ただちに伝令はかけだしてゆく。いまや、馬車が激しくゆれるほどの激烈な戦闘が、馬車にさっきよりもぐっとせまったあたりでくりひろげられている。ナリスはなおも窓からのぞこうとしたが、カイが心配してとめた。

「お顔を出されては、矢でねらわれるおそれもあります。この特別御座馬車のなかにおいでになれば……板は鉄で強化してございます。大丈夫です、ナリスさま」

「私は何も心配などしていない」

ナリスは激しくいった。

「もどかしいんだ。——それだけだよ、カイ……この手で敵と切り結びたい。こんなところで大人しく守られてなどいたくない。……私はたたかいは嫌いだとずっと思っていた……だが、こうしてたたかいの場にいるとどうにもならぬほどもどかしい……からだじゅうの血がたぎる……」

「ナリスさま……」

わああッ、わああッ、わああッ——

馬車の外では、いまや耳をつんざくばかりの戦いの物音と悲鳴、怒号、絶叫——思わず外をのぞかずにいられぬような物音がさかんにおこっている。どうやらだが、その物音だけをきいていると、しだいにその戦いの音は馬車に迫りつつあるように感じられてならぬ。

（ナリスさまッ）

いきなりロルカの心話がナリスの脳裏にとびこんできた。

（ランズベール城に残してありました魔道師より御報告が——ランズベール城、落城！）

「なんと……」

ナリスは思わずヤーンの印を切った。

「ナリスさま？」

「ロルカからの報告だ。ランズベールが、落ちた」

「ええっ……では、ランズベール侯さまは……」

（ランズベール侯リュイスどの、戦死なさったもようです。ランズベール侯息女シリア姫以下、御家族四人はランズベール塔にたてこもり、御自害なさいました）

（シリア）

ナリスは目をとじた。だが、それをさえ、いたんでいるいとまはなかった。

「ナリスさまーッ！」

すさまじい、地鳴りのような音が遠くひびくのがきこえたと思ったときだ。

「御報告！　クリスタルの方角より、国王騎士団二千、マルティニアス伯ひきいるあらての聖騎士団二千がこちらへッ！」

「四千か！」

ナリスははっと目を見開いた。

「ロルカ！」

「はいッ」

「あらての敵軍はどのくらいはなれている」

「あと半ザンはたたずに現場へ到着いたしましょう」

「四千――ワリス軍の情勢は持ち直したか？」

「まだかんばしくございません」

「ナリスさまッ」

いきなり、かけよってきたのはリギアであった。戦いのさなかの血刀をひっさげたまま、かぶともとれてむきだしの顔にかえり血がすさまじい。

「ナリスさま、国王がたの増援がきたようすです。このままでは危険です。ナリスさま、ここはわたくしがお守りいたしますから、ルナン軍に守られて、おさきにジェニュアへお入り下さい！」

「だが、《竜の門》とオヴィディウス軍はジェニュアへの退路をたつ方向に陣をひろげております」

ロルカが叫んだ。

「あれを突破しなくては、ジェニュア街道は！」

「でも街道をおりて畑と森のなかにまわるのは危険だわ」

リギアは叫んだ。そのおもては追い詰められた苦悶にひきゆがんでいた。

「ナリスさまだけ、閉じた空間でなんとかジェニュアへお逃しできないの、魔道師！」

「それはできません。ただいまでも私たち全員で結界を張ってかろうじてナリスさまを竜王の影響からお守りしている状態です。ここで閉じた空間の術を使っても……ここにいる者全員の能力をあわせても、ジェニュアは遠すぎて……次にあらわれられる場所はまだ戦場のなかです！」

「おのれ……」

リギアは男のように歯がみをした。

「ナリスさまだけは、何をしてでも！　ヴァレリウスは何をしているの、ヴァレリウスは！」

「ナリスさま」

ルナンもなんとか敵をふりきって馬車に駆け寄ってきた。ルナンも手傷をおっているらしく、マントが血で染っていた。

「ナリスさま、このままでは無念ながらわがほうはしだいに追い詰められてゆくしかありません。ナリスさま、お指図を」

「指図……」

ナリスはかすかな微笑をうかべた。

「それは、私にそろそろ最期の覚悟をかためよ、ということ？」

「何をおっしゃいますか！」

ルナンは吠えた。

「我々全員がお守りしています！　いのちにかえても、ナリスさまだけは！　ひとこと、御命令下されば全員で、たとえ何人がたおれようともまた次のものがお身代わりになって、なんとかジェニュアまでの道のりを切り開きますぞ！　ナリスさま、御命令を！　血路をひらけ、とひとこと御命令下さいませ！」

「もう、充分……」

ナリスがふと、寂しげな微笑をうかべて言い掛けたときだった。

「反逆者アルド・ナリス！　投降せよ、投降せよ！　もはや勝敗は見えたぞ！」

どうやらオヴィディウスの声とおぼしかった。

だが、それはどことなくひどく妙な声だった。機械的、とでもいうか——機械じかけのからくり人形の声のように感情がなく、うつろで、生命の感じられぬ声であった。

「国王陛下の温情あるお沙汰により、武器をすてて投降すれば、いのちだけは助けようとの有難いおことばだ！　反逆者アルド・ナリス、これ以上部下を殺すまいぞ！　投降せよ、身ひとつにて投降せよ！　裏切者の賊軍ども、アルド・ナリスを殺したくなくば、いますぐ戦いをやめ、武器をひき、アルド・ナリスの身柄をさしだせ！」

「…………」

「…………」

一瞬だけ――

ルナンとリギアと、そしてロルカとナリスとは、目をぎらつかせた顔を見合せた。

それからナリスはしずかに口をひらいた。

「私の身柄をキタイの竜王に渡してはならぬ。それこそがきゃつの――古代機械を私の知識ごとねらうきゃつのまことのねらいだ。――ここが一期の死に場所か？　ルナン、リギア――もしそうなら、私はここで自決する……」

「いけません、ナリスさまっ！」

リギアは悲鳴のような声をあげて馬車の窓ごしにナリスにとびついた。

「まだ、早すぎます！　自決なさるのはいつでも出来ます！　でも、ナリスさまのおいのちはたったひとつしかございません！」

「むすめの申すとおりです」

ルナンは重々しく云った。

「まだ早い。まだ我々がみなここにおります。まだそこまで追い詰められてはおりません。血路を開きましょう。リギア、残った精鋭をすべてお馬車のまわりにあつめろ。ともあれジェニュアに入ればいっときは安心になる――ジェニュアをかためるカレニア義勇軍にも応戦の用意をさせるよう、伝令は出してあるはずだ。ナリスさまのおいのちだけがわれらの希望、参りましょう、ナリスさま。われわれ全員がいのちをおとすとも、ナリスさまのお身柄だけは守ってお目にかけます」

「さようでございますとも」

リギアは大きくうなづいた。

「ナリスさまを敵の手にはわたしません。本当にいざとなったら、父でも私でもこの手にかけさせていただきます。ですから、自決をお考えになるのはさいごのさいごに。——参りましょう、父上。オヴィディウス何するものぞ——血路をひらいて、ナリスさまをジェニュアへお落とし申上げます」

「待て」

ふいにナリスのおもてが動いた。

「ヴァレリウス——！　いや……」

「わしだよ」

ふいに、ヒョイと馬車の上から、馬車の中に上半身を出したのは、グラチウスであった。

「やれやれ、戻るのにえらい手間取ってしまった。あのくそ白魔道師どもはなんだってこんなにものわかりが悪いんだ？——それ、ヴァレリウスもきたよ」

「ナリスさま、お待たせいたしました」

ヴァレリウスはリギアとルナンのまんなかに飛び降りた。

「ようやく、説得いたしました。魔道師ギルドは——パロ魔道師ギルドはたったいま、〈闇の司祭〉グラチウスと臨時の同盟を締結いたしました。御心配なさいますな。ただいますぐ、《竜の門》の魔道をとき、オヴィディウス軍を戦闘解除させるようにいたします」

「ヴァレリウス……」

「オヴィディウスが本当はもう死体だということがわかれば、聖騎士団は驚いて戦意を失うよ」

グラチウスが陽気に保証した。

「どれ、わしが《竜の門》の竜頭騎士どもをからかってこよう。——あの程度は、キタイでもだいぶん相手をしてやったでな」

「ナリスさま」

ヴァレリウスは窓ごしにナリスを見上げた。

「あれが、竜王のもっとも得意とする手です。——きゃつは、私が——私がとらわれているとき、死んだはずのリーナスさまのゾンビーを私の拷問に使いました。……そうやって我々が動揺する、その動揺につけこむのがきゃつの得意の手です。だがもうこの手は使えません。グラチウスは魂返しの術を封じる魔道を持っております」

わあ、わあ、わあ——

すさまじい怒号があらたにわきおこる。それはどうやらオヴィディウス軍のなかからおこっているようだった。

「ナリスさま、《竜の門》の竜騎士が、突然青い炎をあげて爆発しました！」

ロルカが仰天したように報告した。

「おお、オヴィディウス軍のなかに非常な混乱がまきおこっております……ルナン軍が追撃にうつりました」

「それよりも心配なのは、まもなく現場につくであろうあらての軍勢です。こちらは正真正銘の国王軍ですから」

ヴァレリウスは激しく云った。

「さ、ナリスさま。オヴィディウス軍はくずれました。ジェニュアへむかいます。カイ、私が馬車を操縦するから、ナリスさまを頼むぞ」

「かしこまりましたッ！」

「車どめをはずしてくれ」

ヴァレリウスはそのまま馬車の御者席に飛び乗った。がくんと激しい動揺が伝わって、馬車が動き出す。リギアは馬に乗ったまま、それをおのれの精鋭だけをひきつれてかたわらを警護した。そのあいだにも、オヴィディウス軍とルナン軍の激突するすさまじいたたかいの叫びがひろがってゆく。

「カレニア衛兵隊、血路を切り開け！」

リギアは大声で叫んだ。

「槍の穂先の隊列をとり、激戦地へ突っ込むぞ！　おくれをとるな、カレニアの勇者ども！うしろにつづけ、リギア騎士団！　アル・ジェニウスをお守りするのだ！」

「アル・ジェニウス！　アル・ジェニウス！」

「ナリスさまを守れ！」

のどもかれよとばかりの絶叫が戦場にこだました。

ヴァレリウスが手綱をとる御座馬車は再びがたがたと動き出す。そのまま、ウマ四頭にひかれた馬車は戦場のもっとも激しいたたかいのくりひろげられているあたり、オヴィディウス軍とルナン軍がまっこうからぶつかりあっている、赤い街道の上へと、周囲をかためる五百以上の精鋭ともども一丸となって突っ込んでゆく。

（大丈夫です、ナリスさま。魔道師ギルドが結界を張っております。何があっても恐れずに！）

ヴァレリウスの心話がナリスの脳に飛込んできた。

空がやにわに暗くなり、そしてぐらぐらとさながら大地が鳴動をはじめるようなぶきみな気配があった。だがそれにもかまわず、ヴァレリウスは必死で馬を駆った。勇猛な軍馬はおそれげもなく戦いのまっただなかへかけ入ってゆく。そのさきをおしつつむカレニアの勇士たちは、槍の穂先となって、まっしぐらに突っ込んでゆく。たちまちオヴィディウス軍の聖騎士たちがゆくてをふさごうとたちはだかってくるが、一人が切り倒されればただちに二人がそこにとびこみ、二人が倒れればただちに三人がとってかわるカレニア衛兵隊の勇士たちの剣先はするどかった。

「ああッ」

ロルカの心話がなだれこんできた。

（ナリスさま！　どうやら、グラチウスが、オヴィディウスを操っていた竜騎士を見付けたもようです！　オヴィディウスが、突然動かなくなり……おお、くずれおちました！　オヴィディウス軍の聖騎士たちが動揺しています。浮き足立っております！）

わあっ、わあっ、わあっ――

すさまじい怒号と絶叫だけをきいているかぎりでは、いったいどちらがどのように優勢に戦いをすすめているのか、かいもく見当がつかぬ。だが、もう、それさえも気にしているいとまはなくなっていた。

「突破せよ！　突破せよ！」

リギアの狂おしい叱咤をうけて、カレニア衛兵隊とそしてリギアひきいる聖騎士団、しんがりを守るカレニア衛兵隊もまた、ここがいのちのすてどころと、ぴたりと馬車をかこんで切り払い、突きのけ、血しぶきをあげながら突進しつづけた。ふいに、リギアの絶叫がナリスにきこえた。

「剣をひけ、カレニア衛兵隊、剣をひけ！　敵じゃない。あれはジェニュア軍だ！　味方だ、味方だーッ！」

「ナリスさま、アル・ジェニウス！　お迎えに参りました！」

「違うわ」

リギアはふいに茫然としながら叫んだ。

「ジェニュア軍の増援じゃないわ。あれは……あれはカレニア義勇軍だわ」

「おお！」

「ナリスさま！　先頭にたっているのは、カレニア伯ローリウスどのです！」

「助かった……」

全身の力のぬけてゆくような安堵が、ナリス軍をとらえた。

だが、まだ、安心するには早すぎた。まだすぐそこを追撃してくる聖騎士団が激しいときの声をあげながら追いすがっているのだ。

「リギア軍、とまれ！　ここで敵をむかえうつぞ！」

リギアはいきなり怒号して号令を下した。

「カレニア衛兵隊、ローリウス軍と合流してアル・ジェニウスをお守りし、ジェニュアへ護衛せよ！　リギア聖騎士団、この場にて応戦、防衛線を張れ！」

「はッ！」

ただちに訓練されたリギア軍の聖騎士団は、同じ聖騎士団たる敵軍に対して、三列に赤い街道のゆくてをふさぐ陣形をとる。そこにルナンひきいるルナン騎士団が追い付いてきた。

「伝令！　ナリスさまからの伝令！　ワリス騎士団を援護せよ！」

「了解！」

ただちにかれらは、とってかえして、あらての国王軍の増援を迎えうとうとしつつあるワリス軍を援護すべく、死屍累々たる赤い街道を戻ってゆく。防衛線にはリギアの精鋭が残される。

いくさは、まだいつはてるともしれなかったが、いまやナリス軍の意気は天をついていた。かれらは、かれらの聖王を守り通したのだ。

4

「ナリスさまっ——」

「アル・ジェニウス……」

馬車は、そのまま、カレニア伯ローリウスの直属軍の大軍のまっただなかへかけこんでいった。たちまち、ふたつに割れて御座馬車をとおしたカレニア軍がぴたりととじて、分厚い壁となってかれらの聖王をのみこんだ。

「ヴァレリウスさま！　このまま速度を落とさず、ジェニュアへとナリスさまが！」

「心得ております」

ヴァレリウスは御者台で、魔道師すがたのまま四頭のウマの手綱を御しながら窓からのカイの伝えるナリスの指令に叫びかえす。ちらとふりかえると、すでにカレニア軍にへだてられたそのむこうで、赤い街道をさらに赤く血でそめて死体が数しれず横たわり、だがそのなかに無事に立っているものたちのなかに、竜頭の騎士たちのおぞましいすがたはほとんど見えなくなっていた。もともと今回は十騎ばかりでそれほど多くはなかったのだ。だが、そのおぞましいすがたと、巨大な槍をふるって次々と兵をたおしてゆくぶきみなようすは充分にパロの人々の心胆をふるえあがらせるに足りていた。そのすがたがなくなった、というだけでも、ナリス軍にとっては、かなりの安堵感であった。グラチウスはとりあえず。竜頭の騎士たちだけを選んで、魔道の火をなげつけて焼きつくし、斃してしまったのだ。

「やれやれ」

いきなり、ヴァレリウスは、おのれの座っている御者台のとなりにグラチウスに出現されて、悲鳴をあげるところだった。

「危ないッ。馬車がひっくりかえったらどうするんですっ、ご老体ッ」

「そんなことでたまげるお前じゃあるまい。やれやれ、あの竜の騎士どもが竜王のパワーをあまり中継しておらんでよかったよ」

「竜王はまだパレスには——？」

「それはわからん。しかし、このあとはまあお前さんたちだけでもなんとかなるじゃろ。あとは普通の人間の敵ばかしだからな。オヴィディウスのゾンビーもくたばったし。念をいれて焼いておいてやったよ」

「すみません」

「リーナスのゾンビーはまだ聖王宮におるんだな。いったいどのくらいゾンビーが作られておるのか、ちょっと調べてみないといかんだろうな」

「………」

「おっと、ジェニュアが見えてきたからわしはいったん消えるぞ。何をいってもあそこは白魔道の大神殿、わしにはちょと居心地が悪いでな」

　いきなりまたグラチウスは消え失せる。いまや、ジェニュアの丘につづく一本道のそのむこうに、両側に門前町のにぎわいがひろがるジェニュアのヤヌス大神殿の威容が、たかだかとそびえたっているのが迫ってきていた。たくさんの円柱でささえられ、丘の上にまるい神殿が建っていて、そのまわりを長い階段が丸くとりかこんでいる、独特の様式をもつ建物である。すでにその階段にもびっしりと騎士たちがむらがって陣をしいている。まんなかの正面入口の階段の上のところに、気をもみ顔にそろっている僧官たちの一団はおそらく、デルノス大僧正以下のヤヌス教の中核たちにちがいない。

「ナリスさま」

　ようやく、もう大丈夫とみて、ヴァレリウスは馬車の速度をゆるめさせた。馬車をひく四頭のウマたちは力のかぎりかけさせられて、たくましい腹を波打たせ、鼻から苦しそうに息とあぶくを吹出している。ヴァレリウスは馬車を階段の下にとめ、上から迎えの人数がおりてくるのをみながら、扉をあけてのぞきこんだ。

「ナリスさま！　無事、ジェニュアに到着いたしましてございます！」

「ああ」

　もう、まるでなにごともなかったかのように平静ないらえがある。

「有難う、ヴァレリウス」

「まだ、敵の追撃があるといけません。早く、大神殿へお入り下さい。当面は、もう、心配なのは敵軍の――人間の聖騎士団の襲撃よりも、むしろ竜王どもの魔道の襲撃です。それをふせぐにはヤヌス大神殿が一番です。少なくともこのクリスタル周辺では」

「ああ。さっき、これを使わなくてよかったよ」

ナリスは苦笑して、その細い指にはまった巨大な指輪をさししめした。ヴァレリウスはかすかに身をふるわせた。

「それをお用いになるときには、わたくしが――僭越ながらわたくしがおすすめいたしますまでは……あまり、たやすくお用いになるものではございませんよ。……おからだのほうはいかがでございますか」

ヴァレリウスは息をきらせている。馬車の上でほとんど中腰になって手綱をとりつづけてきたのだ。フードのなかで、珍しくヴァレリウスはびっしょりと汗をかいていた。

「大丈夫、私はなんともない」

「カイ、ナリスさまを馬車からお下ろしして、大神殿のなかへ。もう、伝令がいっているから、聖王陛下の御座所は作らせてあるはずだ。いや、だがその前に、いったんおやすみいただいて――かなり、無理をされた。おからだには相当ひびいておられるはずだ」

「まだ休まないよ」

ナリスはカイと騎士たちに助け下ろされ、車椅子の用意も急のことでできぬままに、かれらの手で階段の下へ運ばれてゆきながら強情にいった。

「まだ、リギアもルナンもワリスもカレニアの勇士たちも私のために戦ってくれている。かれらが無事にたたかいおさめてジェニュアに入るまでは、私は休んだりできない。ロルカ、たたかいの帰趨を偵察して報告を」

「かしこまりました」

ロルカが消え失せる。

「アル・ジェニウス」

階段のなかばまで迎えにでていたデルノス大僧正、バラン司教ほか、ヤヌス神殿のおえらがたの僧侶たちが長い僧衣の袖をかさねあわせて、聖王への正式の礼をした。それは、また、大ヤヌス大神殿が、反逆の大公アルド・ナリスを、パロ聖王として当面、認めた、という最大のあかしでもあった。

ナリスはひどい疲れと心痛のためにひどく蒼ざめて、げっそりと憔悴していたが、その唇にかすかなほほえみをうかべた。

「私をアル・ジェニウスと呼んでくれるのだな。ジェニュアは」

「はい。アル・ジェニウス」

デルノス大僧正が、ふかぶかと僧帽をいただいたこうべをたれた。

「われらはすでに、キタイの魔王にとりつかれたレムス国王を、ヤヌスの敵として告発の準備にかかっております。アルカンドロス大王の正式のご認可をうける以前には、まだ正式に聖王陛下とお呼びするわけには参りませぬが、少なくとも、非公式の場では、ジェニュアにとりてのアル・ジェニウスはナリスさまおひとかたをおいてはおられませぬ」

「有難う。ジェニュア騎士団は無事収容されたか？」

「ジェニュアはもともとたたかいのための場所ではございませぬ。籠城にもむいてはおりませぬ」

デルノス大僧正はいった。

「ですから、ジェニュア騎士団には、ヤヌス大神殿のまわりをもれなくかためておいてもらいます。ただ、ヤヌス大神殿はごらんのとおりの円形、どこか背後から突かれる可能性はうすうございます」

「ナリスさま」

ロルカが戻ってきて膝をついた。

「オヴィディウス聖騎士侯が皆の目の前で崩壊したのち、意気消沈したオヴィディウス騎士団はいったんクリスタルへ撤退いたしました。ルナン侯は追撃をひかえられ、まもなくジェニュア圏内へ。かなりいたでをうけたワリス軍に交替して、ローリウス伯ひきいるカレニア義勇軍があらての国王軍、マルティニアス軍と国王騎士団にあたっております」

「アムブラのものたちは？」

「残念ながらかなり大きな被害がでているようです。カラヴィアのランがとりまとめておりますが、ラン自身は無事のようですが、途中からワリス軍が到着してアムブラの市民たちを赤い街道の戦場から離脱させましたので」

「そうか」

「リーズ聖騎士伯が手傷を負ってこちらへひきあげつつありますが、傷自体はたいしたことはございません」

「ああ」

ナリスは騎士たちの手でヤヌス大神殿の正門までかつぎあげられ、そしてそのまま、騎士たち、魔道師たちをひきいたヴァレリウスとリギアとにつきそわれて、大神殿の本殿へ入っていった。本殿の奥にはヤヌス大神像が安置される、天井のおそろしく高い奥殿がある。ナリスが案内されたのは、その両側にくっついているふたつの脇殿の、西殿であった。そこも天井が高く、そしてまわりの壁にはぐるりとヤヌス教のあがめる十二神像がたちならび、石づくりの神殿はひんやりと空気が冷たい。そのまんなかの石畳の上に、臨時に作戦用の机とそれのまわりに会議用の椅子、そしてナリスを休ませるよう長椅子や寝台までも運びこまれていた。一番奥に、ナリスのための玉座が用意されていた。

「当面、この西殿を参謀本部に提供させていただきます、ナリスさま」

バラン司教がいった。

「そして、夜間などおやすみになられますときには、本殿の地下宮殿を御座所になさいますよう。そこならば、まずクリスタル周辺でもっとも黒魔道より守られた場所でございます。ここでなら、ヤヌス教の大本山、たとえキタイの竜王がどれほどの魔力の持主であろうと、そうかんたんには近づけませせぬ」

「確かにね」

ナリスはまだかなり蒼ざめたままほほえんだ。

「なんだか、ランズベール城にいてもずっと、心臓が苦しくて、空気のなかに悪いなにかがまざりこんでいるような気がしてしかたがなかったのだよ。このジェニュアに入ったとたんに綺麗にその感じがおさまった。——そう、カリナエもだ。いまやクリスタルは完全に竜王の影響下に入っているということだな」

「それはもう、こちらから見ておりましても疑いようのないことで。げんざいのクリスタルは、ほんの二、三日前よりではございますが、全市が黒い瘴気につつまれております」

「可愛想に、クリスタルの都よ」

ナリスはつぶやいた。そのかがやかしい黒い瞳がかげった。

「早く、解放して自由の身にしてやりたい——このいのちにかえても、守って、その誇りと自由とときよらかさを取り戻させてやらなくてはならない。わが名を冠するクリスタルの都、誇り高き七つの塔の都よ……」

「ナリスさま。ルナン侯がジェニュアに入られました。ひきつづきワリス侯も」

「ルナンもワリスも無事か。リーズは怪我」

ナリスはつぶやくようにいった。

「だが、リュイスは——シリアも。……そしてシリアの幼い妹たち、弟たちも……」

「ナリスさま——」

「つねに、私にとってはかけがえのない支援者、支持者——何があろうと決して私を見捨てずアル・ジェニウスと呼んでくれる、最初に私に剣を捧げてくれたもっとも忠誠な貴族だったが……」

「ナリスさま」

「ランズベール騎士団は全滅したのか？　半数は私とももども先に城を離れてきている――」

「ナリスさま」

伝令が入ってきて膝をついた。

「ランズベール侯ご子息キースさまがランズベール騎士団百に守られて落ち延びておいでございます」

「キース？　シリアの弟の？　たしか、一番下の男の子だね？　まだ……」

「まだ、八歳になられたばかりでございますが」

伝令のことばをまつまでもなく、騎士たちに囲まれた幼いランズベール侯息が連れられてはいってきた。シリアと同じ金髪に青い目の、シリアによく似たあどけない顔で一人前にちいさなよろいとマントをつけた少年は、懸命に泣くまいとしているようだったが、ナリスの顔をみたとたんに、気がゆるんだようにしゃくりあげた。

「アル・ジェニウス」

それでも、少年は必死に歯をくいしばって息をととのえると、ありったけの気力をふるいおこし、膝をついて国王への礼をした。

「父、ランズベール侯リュイスは僕以外の家族ともども、アル・ジェニウスのため、名誉の戦死をとげました。僕には父になりかわり、ランズベール侯家の血を守り、また父にかわって末長くアル・ジェニウスにお仕えするようにとの父の遺言がございましたので、先にランズベール城を出てただいまアル・ジェニウスのおんもとに参りました。こののちは、年も経験も遠く及びませぬながら、父リュイスにかわり、僕がアル・ジェニウスにお仕え申上げます」

そして少年は小さな剣をぬくと、それをくるりとまわして、懸命に剣の誓いをおこなった。思わずナリスは手をさしのべた。あわててヴァレリウスがそっと押してやると、少年はふるえながらナリスの近くに寄って、涙で一杯の目でナリスを見上げた。

「僕が——僕が、いまだ年齢八歳ではございますが、次代ランズベール侯として、アル・ジェニウスにお仕えすることを、お許し願えましょうか？」

「ランズベール侯キースどの」

ナリスは、涙ぐみながら、不自由な手でそっとその小さな子供用の剣をとり、おぼつかなげに唇に持っていった。

「リュイスどののお心、しかとうけたまわった。こののちは、この私をリュイスどのにかわり、父とも兄とも思って下さい」

「有難うございます」

しっかりした声で少年は云った。

「姉もさぞかし喜んでいると存じます。——姉が、僕にこれをナリスさまにと」

「………」

キース少年はふところから、一枚の美しい布をとりだした。それはまわりにレースのついた、美しい手のこんだぬいとりのあるひざの汚れよけだった。

「姉がずっとナリスさまのためにししゅうをしておりました品でございます。——父は、姉にも、僕とともども先に落ちるよう申したのでございますが、姉は、父と城と運命を共にすると申しまして残りました。——どうぞ、姉の形見にお納め下さいますよう」

「たしかに」

ふるえる手でナリスはそれをうけとり、そっと胸もとに入れようとした。あわててカイがそれをとって、ナリスの襟もとにおさめてやった。

「何も云いません。——シリアのお心も、父上の至誠も永久に私とともにある。これからは、キース、君がいつも私のかたわらにいてくれるね」

「はい。アル・ジェニウス。父と姉になりかわりまして、いつもおそばに」

キースは健気に答えた。それから、とうとうこらえかねてしゃくりあげた。

「キースさま、あちらでしばらくお休み下さい」

いそいで、ヴァレリウスは少年を控室に連れてゆかせた。ナリスも他のものたちもうつむいて涙をこらえていた。リギアもうしろをむいて肩をふるわせている。ヴァレリウスはつと、ナリスのかたわらに寄った。

「ナリスさま。少々、お人払いを」

「ああ」

ナリスはほかのものを外に出させた。ヴァレリウスはナリスの手をとって、直接の心話を注ぎ込んだ。

（ここはヤヌス大神殿、結界という意味では安全ですが、内緒話は少々できにくくなりました。——ナリスさま、とりあえずジェニュアに落ち着かれて安全におなりになったことが確認できしだい、私は少々、おそばをはなれなくてはならなくなってしまいました）

（どういうこと？）

（つまり……）

ヴァレリウスは心話で、グラチウスとの話の概要をすばやくナリスに伝えた。

（大導師アグリッパ——？）

（ナリスさまが、本気になさらぬのも無理はありません。——私も、いまだに実は半信半疑でおります。だが、たしかにグラチウスのいうことには一理ありますし、それに私は——グラチウスと約束いたしました。確かにアグリッパが本当にこの中原への侵略に加担しているのだったらわれわれの勝ち目はありません。私はこれから、グラチウスが教えてくれたアグリッパのアジトをたずねなくてはなりません）

（もしもアグリッパがヤンダル・ゾッグにくみしていたら、お前は——）

（たぶん、もう戻っては参れますまい。だが、そうはならないのではないかと思っています。私としてはまだ、アグリッパそのものが現実に存在しているかどうかも確信できませんし、さらに、どうもグラチウスほど、そのイシュトヴァーン王にかかわるあやしげな陰謀がアグリッパのしわざだと信じられずにいます。――そしてもし、アグリッパが味方になってくれるようでしたら、正直に申上げて……私たち魔道師ギルドは、やむをえぬとはいいながら、グラチウスとの同盟を非常にあやぶみ、おそれ、いとうているのです。今回はやむをえず、グラチウスの力を借りてしまいましたが――できることなら、グラチウスではなくアグリッパと組みたい。アグリッパが力をかしてくれるのであれば、おそらくキタイの竜王何するものぞということができるでしょう……グラチウスと共闘するのは、たとえ竜王に勝ったとしてもナリスさまがおそれておられるとおり、のちのちにかなりの禍根を残す気がいたします。そのためにも、私はアグリッパをたずねてみようと思います。たいへん重要な時期にこのようなことになって申し訳ないとは思いますが、ここはもうジェニュア神殿、魔道師も僧官もたくさんいます。ここが当面、魔道にたいしてはもっとも安全ですし――カレニアに陣をおうつしになるころまでには絶対に戻ります)

(ヴァレリウス)

思わず、ナリスはすがりつくようにヴァレリウスを見上げた。

(お前と二人ではじめた反乱なのに――お前がいなかったら、私は……)

(お気が弱られましたか。アル・ジェニウス)

ヴァレリウスはわが身を鞭打つようにいった。

(私をケイロニアにゆくよう、お命じになったのはあなたですのに。――大丈夫です。私は何があろうともあなたのもとに戻ります。必ずアグリッパを説得して味方につけて戻ってまいります。何も御心配なさらぬよう。――おそらく、ジェニュアに入ったことで、当面国王がたも静観のかまえに戻るでしょう。ここに入ったということは、中原全土に巨大な勢力をもち信仰をあつめるヤヌス教団を背景につけたということ、それすべてを敵にまわしたらいくらキタイの竜王でも――いや、竜王はそれでもかまわぬと思おうとも、たてまえ上レムス国王をかついでいるからには――そもそもパロ聖王家はヤヌスの最大の祭司として王権を持っているのですから。ですから、当面は竜王も手だしできますまい。あとは、ナリスさまが短慮をおこされさえしなければ……)

(短慮、短慮って？)

(ランズベール侯のあだうちや……リンダさまのお身柄の奪還に焦ってこちらからいろいろ仕掛けていかれる、というような……ことに、ナリスさま御自身はもう、私が戻りますまで、決してジェニュアからお出になりませぬよう。おわかりですね？　たとえどのように竜王がおびき出そうとワナをしかけても、それに応じてはいけませんよ)

(わかっているよ、それは……でも……)

(古代機械を餌にされてもです)

厳しくヴァレリウスはいった。

(たとえ誰を人質にとられてもです。――あなたは、私が、私を人質にされてもゆるがなかったあなたの非情を恨んでいると思っておられるかもしれない。逆ですよ――私は、あなたがそれほどに意志かたく、志たかくあられたことでもっとあなたを見直し、敬愛しております。アル・ジェニウス——あなたが大切に思うどんな人をたてにとられようと、決してゆるがないでジェニュアにたてこもっておられるように。よろしいですね、何があってもですよ——敵の最終的な目的は、あなた当人を手にいれること、なのだから——古代機械の秘密ともどもですね。よろしいですね)

(ああ……)

(よろしいですか。だからといって……)

ヴァレリウスはくちびるをかみしめた。そして、激しくナリスの手を握りしめた。

(私が戻るまでは……お約束なさって下さい。たとえどのような情勢の変化があろうとも、私が戻るまでは決して——決して、何があろうと、ゾルーガの指輪はつかわれないと。——それがお約束していただけぬうちは、私も心やすらかに出発できません。——お願いです。ナリスさま——それだけ、お約束して下さいますね)

(ヴァレリウス……)

(私が戻るまで、決してゾルーガの指輪はお使いにならない……その尊いおいのちを、短慮に断たれない、捨てられない、と。——このようなお約束では心もとなければ……)

ヴァレリウスは思わずナリスの足元に跪き、その手に頰をすりつけた。

(私と——私とともにだけこの指輪を使うと——それとも、私が——私があなたをこの手にかけるまでは、生きていて下さる、と……よろしいですね？　よろしいですか？　きいて下さいますね?)

(わかった)

ナリスは、じっとヴァレリウスを見つめた。その黒い底知れぬ瞳には、ふしぎな、これまでなかったような光があった。

「ナリスさま……」

ヴァレリウスは口に出してささやいた。

「必ず戻ってまいりますから……それもいくらもかからずに。十日とはあけずに戻ってまいりますから。必ずよい結果を持って」

「待っているよ、ヴァレリウス。——お前はあのヤンダル・ゾッグの手からさえちゃんと逃れてこうして私のもとに戻ってきたのだものね。——信じているよ、ヴァレリウス。私は……本当に、信じているからね、ヴァレリウス」

「ナリスさま——!」

「大導師アグリッパ——」

ナリスの目が一瞬、はるか遠くを見透かすかのように遠くなった。

「なんということだろう。——本当にそんな伝説の、神話の魔道師が現存しているのだろうか? なんという時代がはじまったのだろうね。ヴァレリウス——これは、とてつもない、神々と悪魔との時代のはじまりなんだろうか? 私は闇の、ドールの時代がはじまると思った——だがそれは、同時におどろくべき神話の時代でもあったんだろうか? ヴァレリウス……私は、生きていたい……本当にそう思うようになったよ。このあまりにもおどろくべき時代の帰趨をすべて見届けるために。本当に、私は生きていたい、勝利したい、そう思うようになったんだよ！」

あとがき

お待たせしました。「グイン・サーガ」第七三巻『地上最大の魔道師』をお届けいたします。

このところほとんど月刊ペースでお送りしている「グイン・サーガ」ですが、かつて敢行した「月刊グイン・サーガ」とまではさすがにまいりませんが……しかし、かなりのハイペースになってはいると思います。とりあえず目の前に「ついにやってきた七五巻」というのがブラさがっているからというのはあるかもしれませんね。七五巻かあ、四分の三ですねえー。

おかげをもちまして七〇をだんだん越えてさらに巻数をかさねつつも、読者の皆様の御支持はますます熱くなっている手応えを感じます。先日はもうあとがきではお馴染みの天狼パティオにおいて、「栗本薫キャラ・人気投票第一回」というもよおしが行なわれましたが、その上位を独占したのはもののみごとにグインキャラでありました。二百人以上のかたが熱い投票をして下さったこの人気投票の結果をちょっと御紹介しますと、第一位にはかなり早くから（この投票は五月一杯をかけておこなわれ、後半には「逆転ポイント投票」などというのもあったので、ラストには各キャラのファンのかたの「選挙合戦」もあったりして、争いは熾烈をきわめたのでありました）独走体制に入ったナリスさまが結局、二位に大差をつけてぶっちぎりました。この一位はわりと中盤くらいから動かないくらいになったもので（作者もナリスさまに投票いたしましたし（笑））あとはグイン、ヴァレリウス、イシュトヴァーンの三人のあいだで猛烈な「二位争い」が展開したわけですが……結局、二位グイン、三位ヴァレリウス、四位イシュトヴァーン、という結果におわったんですね。さいごのさいごまで逆転をねらう人とかいたおかげで、最終決定はぎりぎりデッドの五月三十一日の真夜中ということになったんですが。

グインキャラ以外のトップは五位に入った伊集院大介、ということで、まあある意味穏当な結果とはいえましょうか。もっともアルド・ナリス一位、というのは、やや意外性もあったといえるかもしれませんが。タイプからいっても、一部マニアには圧倒的な人気を博す、っていうタイプで、そうそう一般ウケのするキャラだとも思えませんものね。まあ、一番濃ゆいマニアの集まる天狼パティオの人気投票だった、ってことはあるかもしれませんが……ああ、でも、考えてみると、ナリスさまは伊集院大介以外ではただ一人、「ダ・ヴィンチ」のもろもろのベストテン投票で、「悪役ベストテン」（爆）に第十位で登場したかたですからね……悪役、ってのがなかなか「ん？」ですが……伊集院大介はいうまでもなく名探偵ベストテンのほうだったんで、これはまた話が全然別ですが。

が、まあそういうことで、第一回の天狼パティオ人気投票がそういう結果に終わったので、あらためて「グインキャラの圧倒的強さ」をみせつけた、ということだったんですね。結局登場した、というか一票でもあつめたキャラは百人をかるくこえまして、なかには「古代機械」なんていうケッタイなモノに票を投じられたあまりに濃ゆいかたもおられましたが(笑)あとはまあ、それぞれにいろいろと思い入れつきの投票をして下さって、「こんなにたくさん愛していただいて、またこんなにたくさんのかたがいろいろなキャラに投票して下さるくらい、このたくさんのキャラに思い入れて下さって、栗本はとても幸せです」という結果だったのでした。

この人気投票、人気企画でしたので、あるいは恒例になるかもしれません。現在はそのウラ企画(笑)で「ワーストキャラ」投票が匿名にて(笑)おこなわれていますが、作者も思わず投票してしまいました。作者に嫌われたら可愛想じゃないか、とお思いかもしれませんが……これはしかたないだろう、という、わたくしが投票したのは「サ＊デン」(笑)でございます。私はべつだん好きでもありませんが、アリってそんなに皆さんがいわれるほどキライではないんですよ。私がキライなのって、「悪いこと」や「ブサイクなこと」や「ストーカーなこと」ではなくて、「バカなこと、理由もなく自分が一番偉いと思ってること、ウザッタイこと、ものの考え方が皮相的で何の深みもないこと、尊敬できないこと」なんですね。アリには、あの妄執だけでも尊敬っていうと違うかもしれませんが、目をひくものがありますからね。そこにゆくとあのおばかのサイ＊ンてのは本当にたまらん人物です。そばにいたら、ブチキレるでしょうねー。でも恐しいことに、アリだの、ましてナリスさまだのグインだのが周辺にいる可能性よりは、サイデン（ああとうとう、みんな云ってもうた）がいるって可能性のほうが、百万倍大きいんですね。だからこそ、思わず私がワーストに投票してしまうわけなんですが。ああいうふうでなくても、本当に「何考えて生きてんだ、ああ？」っていう人って、たくさんいるんですよねえ……こういうことというとほんっとぉにヤバいんですが、私、昨今の少年犯罪って、むろん賛成するわけじゃないんですけど、どうしても、自分のなかにないわけじゃないなって思ってしまったりするんですね。というか、どうしてもどちらかというと、犯人のほうが感情移入しやすいんですね。恐しいことです。いや、むろん、犯罪そのものは本当にとんでもないわけなんですけどね。でも、私の中にはイシュトだの、とうとう反乱おこしてしまったナリスさまだのもいるわけなんでねえ。まあいいや。ここでするような話でもありませんね。ともかく、私は悪いヤツよりはバカなやつのほうがずっと嫌いだ、っていうことなんです。

で、去年「ローデス・サーガ」でスタートしてコミケと世の中をあっといわせた（笑）天狼叢書なんですが、この夏にも実はあっと驚く新刊がご用意されております（笑）。今回こそ、「あっと驚く」もいいとこですよ。これはもう、まあ男性のかた、ヤオイ嫌いなかたは最初から「お求めになりませんように。当方は一切の責任はもちません」と申上げるしかないんですが（爆）（無責任なヤツだな）でもとにかく、私としては天狼叢書ての は「本当にやりたいことだけ」やるためのものとしてやってるわけですから、読者のかたの抗議や不満は一切きくつもりはない……「イヤだったら読まなきゃいいじゃん」てのはこのシリーズのことなんですね。ヤオイだ、って最初からいってんですから……読んでから「ヤオイじゃないか、こんなのイメージこわすからやだ」ってのは……そもそも作者当人が書いてるわけですからね。ってなんか開き直ってますが、そうです。ついに登場する天狼叢書第二弾は、「マルガ・サーガ『凶星』」です。このタイトルでお心あたりおありのかたは、私の個人同人誌「フルハウス」をご存じのかたですね。ま、内容については申上げませんので、くれぐれもヤオイ駄目なかた、自分の抱いたイメージを壊されたくないってかたは「お読みになりませんように」お願いします。ヤオイですよ。ナリスさまとヴァレリウスのヤオイですよ。けっこぉ直接話法もありますよ（爆）。ヤオイに弱かったらきっとひきますよ。ちょっとくらいヤオイに許容量あってもきっとコレは許容範囲こえてますよ。ことにそこの男性のかたっ（笑）「グインサーガだけはヤオイは見たくないっ」「ローデス侯ロベルトくらいならまだ許すけど、メインキャラはっ」っていうかたは、絶対、助平心おこしちゃ駄目ですよ（笑）って「買うな、買うな」って絶叫する宣伝てのも珍しいか（笑）逆効果になっちゃうかな。

などと阿呆をいいつつ、とりあえずいま現在は「キャバレー」の稽古中です。なんか今年は妙に早くからあっついですねえー。いつもこんななんでしたっけ。なんか暑くなるのがめちゃ早くないかい、って気もするんですけど……年々地球が暑くなるみたいで、めげますねえ。でもけさは風が強くてまだ助かりますけど。

ということで恒例の読者プレゼントは、行木弥鈴さま、久田友香さま、甲斐遙さまの三名さまです。

天狼パティオでは『地上最大の魔道師』のタイトルあてがおこなわれたさいに、「地上最大の魔道師って誰だ」っていう声もたくさんあったんですが、まあとうとう、これまで姿あらわさなかった連中、ヤンダルちゃんとか、それ以外の人たちも次々とすがたをあらわして、ということはもしかして残る一人も？　って感じになってまいりましたが……やっぱこれはもう、悩むことなく早めに二百巻宣言ですねえ。とりあえず「百五十巻宣言」てなんか、百巻、二百巻にくらべてカッコよくないんですもんね（笑）（笑）ハンパで。

ということで、それではまた来月（笑）って、これはそう冗談でもなさそうで怖いっ（笑）。

二〇〇〇年六月八日

栗本薫の作品

心《しん》中《じゅう》天《てんの》浦《うら》島《しま》

テオは17歳、アリスは5歳。異様な状況がもたらす悲恋の物語を描いた表題作他六篇収録

セイレーン

歌と美貌で人々を狂気に駆りたてる歌手。未来へと続く魔女伝説を描く表題作他一篇収録

滅びの風

平和で幸福な生活。そこにいつのまにか忍びよる「静かな滅び」を描く表題作他四篇収録

さらしなにっき

他愛ない想い出話だったはずが……少年時代の記憶に潜む恐怖を描いた表題作他七篇収録

ハヤカワ文庫

栗本薫の作品

ゲルニカ1984年

「戦争はもうはじまっている！」おそるべき感性で、隠された恐怖を描き出した問題長篇

レダ〔I〕

ファー・イースト30。すべての人間が尊重される理想社会で、少年イヴはレダに出会った

レダ〔II〕

完全であるはずの理想社会のシティ・システムだが、少しずつその矛盾を露呈しはじめる

レダ〔III〕

イヴは自己に目覚め、歩きはじめる。少年の成長と人類のあり方を描いた未来SF問題作

著者略歴　早稲田大学文学部卒
作家　著書『さらしなにっき』
『あなたとワルツを踊りたい』
『嵐のルノリア』『パロの苦悶』
（以上早川書房刊）他多数

HM = Hayakawa Mystery
SF = Science Fiction
JA = Japanese Author
NV = Novel
NF = Nonfiction
FT = Fantasy

グイン・サーガ㉓

地上最大《ちじょうさいだい》の魔道師《まどうし》

〈JA642〉

二〇〇〇年七月十日　印刷
二〇〇〇年七月十五日　発行

（定価はカバーに表示してあります）

著者　栗《くり》本《もと》薫《かおる》
発行者　早川浩
印刷者　大柴正明
発行所　株式会社　早川書房
郵便番号　一〇一-〇〇四六
東京都千代田区神田多町二ノ二
電話　〇三-三二五二-三一一一（大代表）
振替　〇〇一六〇-三-四七七九九
http://www.hayakawa-online.co.jp

乱丁・落丁本は小社制作部宛お送り下さい。
送料小社負担にてお取りかえいたします。

印刷・株式会社亨有堂印刷所　製本・大口製本印刷株式会社

ISBN4-15-030642-7 C0193